DÖRLEMANN

Jürg Beeler

Der blinde König und sein Narr

Roman

DÖRLEMANN

Dieses Buch ist auch als Dörlemann eBook erhältlich.
eBook ISBN 978-3-03820-891-4

www.doerlemann.ch

Poicephalus senegalus

Seine Zuneigung ist so ausschließlich wie seine
Ablehnung. Er ergreift Partei, er bringt Ehen
auseinander, seine Fähigkeit, sich auf etwas zu
konzentrieren, ist größer als beim Menschen.
Wen er als Freund wählt, entkommt ihm nicht mehr. In
Sekundenschnelle trifft er seine Wahl, ohne sich
je zu täuschen. Die Unfehlbarkeit, mit der er einen ihm
gänzlich fremden Menschen einzuschätzen vermag, ist noch
unerforscht und macht jeden Psychologen neidisch.

Ciencia Hoy, Buenos Aires 1999

Es war Sommer, es war Juni, ein heller Tag verführte mich. Ein Tag, an dem ich, ohne es zu wissen, die bemerkenswerten Fähigkeiten eines Papageis besaß.

Ich betrat ein Antiquariat, die Frau neben der Kasse blickte von einem Buch auf. Ich entschied mich in Sekundenschnelle.

Noch am selben Abend saßen wir in einer Weinbar, sie trank Bier.

Ich trank kein Bier. Das war ein Fehler, wenn man im Norden lebte. Ein unverzeihlicher Fehler.

Warum ich nun schon drei Jahre lang hier oben ausharre, in der Kälte, fragte sie. Ich konnte es ihr nicht sagen. Vielleicht hatte ich einfach auf sie gewartet.

Ich mochte Regenschirme nicht, und doch war ich ausgerechnet in eine Stadt gezogen, in der es fast immer regnet. Ein Leben unter einem Regenschirm ist nicht einfach. Seit drei Jahren bin ich damit beschäftigt, meine Gedanken zu trocknen, damit sie nicht zusammenpappen, erklärte ich Mara.

Vielleicht war es wirklich so. Ich hatte drei Jahre lang auf sie gewartet, ohne es zu wissen.

Wir waren die letzten Gäste. Vielleicht waren wir überhaupt die letzten Gäste auf dieser Erde.

In jedem Land, in jeder Stadt, in der ich lebte, suchte ich Orte der Einkehr. Seit über dreißig Jahren schrieb ich über die Stille.

Die Stille im Norden war eine andere als die Stille im Süden. Der Nordländer bewohnte die Stille nicht. Sie suchte ihn heim, sie verfolgte ihn.

Psst, sagte Mara, als wir ihre Wohnung betraten. Der Kleine schläft.

Wie heißt er?

Friedolin.

Von einem Kind hatte sie mir nichts erzählt.

Das Kind war ein Papagei. Das stellte ich allerdings erst am nächsten Morgen fest. Ein Papagei, der nicht flog, weil er auf einem Auge blind war.

Ich kannte die bunten, großen Aras aus Abbildungen und Filmen. Dass es eine so kleine Papageienart gab, hatte ich nicht gewußt. Mit seinem grünen Gefieder, dem grauen Kopf und dem gelben Brustlatz war Maras Vogel nur sittichgroß.

Ist er nicht schön? Oh doch, durchaus, ein schönes Kerlchen, nur hätte ich lieber gehabt, er wäre nicht hier, bei Mara, sondern in einem Zoo oder besser noch in seiner Heimat, in der freien Wildbahn.

Der offene Käfig stand auf einem Tisch neben dem Fenster. Der Papagei saß davor, blickte zu mir hoch, flatterte aufgeregt mit den Flügeln und krächzte, bittend, wie mir schien, flehend fast, als müsste ich ihn aus seiner Gefangenschaft befreien.

Er will zu dir, er mag dich, behauptete Mara.

Kaum war ich zu Hause, klappte ich den Laptop auf und schaute nach, wie alt Papageien werden.

Sie wurden alt. Sie wurden uralt. Churchills Papagei soll über hundert Jahre alt geworden sein.

Sie wurden nicht nur alt, sie waren auch laut. Maras

kleiner Schreihals, ein Senegalpapagei, *poicephalus sene-galus*, gehörte angeblich zu den großen Krachmachern seiner Zunft, wie ich entnervten Berichten von Papageienhaltern entnehmen konnte. Mit einem friedlichen Zeitgenossen hatte ich es auf jeden Fall nicht zu tun. Ich klappte den Laptop mit der Gewissheit zu, in einen Albtraum geraten zu sein.

Mit Schreibzeug und Regenschirm verließ ich die Wohnung. Kein Sommergewitter ging über der Stadt nieder, wie ich es aus dem Süden kannte, kein selbstbewusster Trommelregen, der die Luft reinigte und glitzernde Pfützen und einen blanken Himmel zurückließ, als wären nie Wolken aufgezogen.

In Bremen färbten sich auch im Sommer die Tage oft grau und sogen sich wie Fließpapier mit Feuchtigkeit voll. Ich ging durch eine Nieselhaube, einen feuchten Schleier, die kaum spürbaren Tropfen schienen nicht zu fallen, sondern in der Luft zu schweben. Ein trüber Vorhang, den man nicht zur Seite schieben konnte, ein allgegenwärtiger hanseatischer Sprühnebel, der besonders hinterhältig war, weil er sich so diskret gab.

Mara.

Mir wurde leicht, wenn ich an sie dachte, eine unsichtbare Hand zog alle grauen Vorhänge in mir zur Seite. Nie hätte ich in ihr eine Buchantiquarin vermutet, sie hatte so gar nichts Verregnetes an sich.

Vor wenigen Wochen erst war sie aus Hamburg hierher gezogen, nach Bremen, hatte mit einem Kollegen das Antiquariat eröffnet und die ersten Tage mit dem Papagei im Laden übernachtet, nun teilte sie die Wohnung mit einer anderen Frau.

Wie alt war ihr Papagei? Zwanzig, fünfundzwanzig Jahre, vielleicht auch mehr, Mara hatte es mir nicht genau sagen können.

Mara. Erst jetzt, auf dem Weg zum Theatro, fiel mir auf, dass in Maras Name ein Papagei steckte: Ara. Mara.

Ein Papagei mit M.

Ich setzte mich auf der Terrasse unter die Markise, eine mächtige Linde bewachte den Platz, die Kellnerin schwebte mit einem Espresso und einem Glas Wasser auf mich zu. Sie kannte meine Gewohnheiten, das Theatro war einer meiner vier oder fünf Brutplätze in der Stadt. Doch von den zehn bis zwanzig Tassen Espresso, die ich in früheren Jahren täglich getrunken hatte, war ich inzwischen weit entfernt.

Sämtliche meiner Romane und Gedichte waren in Cafés entstanden. In Cafés, Bistros oder Bars, je nach Land, in dem ich mich gerade aufhielt. Ich brauchte Stimmen um mich. In Zimmern oder Wohnungen fühlte ich mich eingesperrt.

Mara.

Es war ein Tag, an dem ich von lauter Engeln umgeben war. Ein seltener Tag im Leben eines Mannes. Dieser Tag, der Tag der Engel, hatte vor nicht einmal vierundzwanzig Stunden begonnen, als ich das Antiquariat betrat, als Mara von einem alten, ledergebundenen Folianten aufblickte, die Lesebrille weglegte und lächelte, als hätte auch sie auf mich gewartet. Eine Frau aus einer anderen Epoche, eine Frau, die eine große Ruhe ausstrahlte. Offenbar war ich ein Mann mit einem Gespür für Unzeitgemäßes, einem Gespür, wie man es nur in Kaffeehäusern entwickeln konnte, wie es nur Nomaden besaßen, die in verschiedenen Ländern in verschiedenen Kaffeehäusern ihren vorübergehenden Wohnsitz aufschlugen.

Meine Nähe zu den Engeln, zu allem Schwebenden, Geflügelten konnte bei mir länger andauern, ich war ein leichtgläubiger Mensch, die aufgeklärte kritische Vernunft hatte es schwer mit mir, folglich hatte es auch die Norddeutsche Tiefebene nicht einfach mit mir, dem Nüchternheit und Pragmatismus so gänzlich abgingen.

Abends holte ich Mara im Antiquariat ab. Ich hatte zu Hause ein Essen vorbereitet, aber Mara wollte zuerst zu ihrem Vogel.

Rede mit ihm, erzähl ihm was!

Ich wusste nicht, was ich einem Papagei erzählen sollte, seine Gegenwart beflügelte meine dichterischen Fähigkeiten nicht. Wenigstens konnte er nicht fliegen und Überraschungsangriffe aus der Luft starten. Ein trüber Schleier durchzog das kranke Auge, der schmale, gelbe Ring fehlte, der beim gesunden Auge die Pupille umschloß.

Mara bückte sich, der Papagei rieb den hakenförmigen, kräftigen Schnabel an ihrer Nase, reckte sich so hoch empor, wie er nur konnte, schnäbelte an Maras Nasenrücken, ihrer Nasenwurzel herum, nur wenig fehlte, und er hätte Maras Augen getroffen. Zu meinem Entsetzen ließ Mara diesen zudringlichen, hemmungslosen Kerl gewähren, der nun an ihren Brauen zupfte, ihren Wimpern, den Kopf an ihrer Wange rieb und gurrende, wohlige Laute ausstieß, unterbrochen von hohen, aufgeregten Lustschreien. Ich starrte auf diesen Schnabel, ohne den Blick abwenden zu können, hypnotisiert von meiner Angst, mit diesem kräftigen, zweifellos messerscharfen Instrument könnte das Biest seiner Herrin einen Nasenflügel abzwacken oder die Augen ausstechen. Es war schwer zu sagen, wer von den beiden wen anstachelte, die beiden waren offensichtlich ineinander verliebt.

Wir frühstückten in einem nahen Café. Mara schwieg, über ihrem Kopf braute sich eine Wolke zusammen, eine kleine, schwarze Wolke, und diese Wolke war ich, der Mann, der ihren Kleinen nicht liebte, der ihn am liebsten aus ihrem Leben gestrichen hätte.

Ich hatte Mara erzählt, dass ich wegen einer Frau in Bremen hängen geblieben war. Einer Frau, die mir vorgeworfen hatte, ich würde nichts für meine Karriere tun. Ein Schriftsteller, der noch von Hand schrieb, ein Schriftsteller ohne Homepage, ohne Facebook oder Twitter, das ging nicht.

Doch ich hatte Mara nicht erzählt, dass ich gerade dabei war, meine Zelte wieder abzubrechen und in den Süden zu ziehen. Nach Apulien, nach Lecce, wo ich eine Zeit lang gelebt hatte. Es zog mich ans Meer, in den mediterranen Raum, der Norden war nichts für mich.

Drei Jahre harrte ich nun schon in dieser feuchtkalten Gegend aus, immer noch versuchte ich, sie zu verstehen.

Das Land war flach, der Himmel groß. Es gab keine Hügel, die den Blick auffingen, keine Erhebung, die einen Aufstieg ermöglichte, keinen Aussichtspunkt, von dem aus man einen Überblick über die Landschaft gewinnen könnte. Man blieb unten, nie erreichte man luftigere Regionen, solchen Elevationen hätte man auch misstraut. Höchstens an einem verlassenen Gehöft, einer Baumgruppe, an einem Wasserlauf oder einer Kuhherde blieb das Auge hängen.

Das Leben war oben, unten war es still. Oben wurde gekräht, gezilpt und gesungen, die Vögel liebten diesen großen Himmel. Die Wolken hatten andere Gesichter als in dem kleinen, gebirgigen Land, aus dem ich kam, sie zogen in anderen Formationen und in anderer Gestalt vorüber, sie zogen vor allem schneller durch diesen luftigen Ozean, als wären sie auf der Flucht.

Man radelte im flachen Land. Man züchtete Schweine, schlachtete Hühner und pflanzte Kohl. Der Grünkohl enthielt ein Wachstumshormon, das anderen Pflanzen fehlte. Die Menschen in der Region schossen in die Höhe und in die Breite. Die Norddeutsche Tiefebene züchtete einen Menschenschlag, der groß war, die Männer überragten mich, oft auch die Frauen. Einer wie ich war hier nicht vorgesehen.

Ich liebte die Geräusche von Kaffeemaschinen, das Klacken des Siebhalters, wenn er am Brühkopf einrastete, das Abklopfen des Kaffeesatzes. Diese vertraute Kaffeehausmusik hob die Zeit auf, ließ mich die Widerwärtigkeiten des Alltags vergessen, ich tauchte ab, tauchte in eine Stille hinein, in den unendlichen Raum hinter den Worten. Das Zischen des Aufschäumers wirbelte die Worte in meinem Schädel durcheinander, reinigte sie und fügte sie zu ganz neuen, unerhörten Sätzen.

Ich blieb. Ich machte die Kündigung meiner Wohnung wieder rückgängig. Der Vogel, das war mir klar, würde mir den Platz an Maras Seite nicht überlassen. Warum sollte er auch? Lange vor mir hatte er sich in Maras Leben eingnistet, ich war der Eindringling. Wie konnte ich ihn zum Verschwinden bringen? Ich würde dem Schicksal ein wenig nachhelfen müssen. Ein Fenster offen lassen oder eine Tür, so verirrte sich vielleicht eine hungrige Katze in die Wohnung. Es konnte doch nicht sein, dass eine Frau, die so klug war, diesen gefiederten Schreihals mir vorzog.

Ich lade dich zum Abendessen ein, wenn du magst, schlug ich Mara vor. Sie lehnte ab. Sie wollte den Vogel nicht schon wieder im Stich lassen. Wir verbrachten also schon wieder einen Abend zu dritt.

Mara fütterte ihren Liebling, redete und schmuste mit ihm, abends erzählte sie ihm, wie der Tag verlaufen war, richtete ihm Grüße von Freunden und Bekannten aus. Seine Fähigkeit, genau zu zeigen, was er wollte, seine Ausdauer, mit der er auf seinen Wünschen beharrte, war verblüffend. Er wusste genau, wie er bei Mara Mutterinstinkte auslösen konnte.

Dieser Krachmacher beanspruchte Zuwendung wie ein Kleinkind, er fraß die Zeit, die Mara und mir zugestanden hätte. Noch nie hatte mich bisher ein anderer Mann eifersüchtig gemacht, doch dieser Winzling brachte es fertig, meinen Gefühlshaushalt nachhaltig zu verändern.

Wollten Mara und ich länger als einen Tag weg, mussten wir jemanden finden, der nach ihm schaute. Mara erklärte ihm, wo wir hingingen, was wir in Hamburg oder Fischerhude machten, wann wir zurückkehrten, sie nannte die Uhrzeit, 17.30 Uhr, als könnte er alles verstehen.

Dieser Vogel lebte im bedauerlichen Irrtum, ein vollwertiges Mitglied der menschlichen Gesellschaft zu sein. Waren wir zu dritt, redete er mit. Die Lautstärke, mit der er seine Meinung vertrat, gab ihm das Gefühl, immer Recht zu haben. Betraten wir das Zimmer, Friedolins Zimmer, wie Mara es nannte, saß er meist schon vor dem Käfig und erwartete uns.

Mit einer Frau, die nicht las, konnte ich nichts anfangen.

Frauen, die lasen, waren anders. Sie alterten anders. Ihre Haut war eine andere.

Mit einem Mann, der sich in eine Frau verliebte, die nicht las, war etwas nicht in Ordnung.

In Maras Schlafzimmer liebte ich den mir so vertrauten Staubgeruch. Überall türmten sich Bücher, nur durch schmale Hohlwege konnte man sich durch den Raum bewegen. War ich zu unvorsichtig, löste ich eine Lawine aus und verschwand in einer Staubwolke. Gemeinsam in einer Staubwolke verschwinden, war das nicht die höchste Erfüllung der Liebe?

Auch Mara kannte die Stille. Die Stille der Bücherschluchten, die Stille der erzählerischen Canyons.

Die Stille kommt und geht. Manchmal findet sie uns. Manchmal stellt sie sich an lauten Orten ein, mitten im Trubel. Es ist schwer, über sie zu schreiben, sie hat keinen festen Wohnsitz.

Unfreiwillig eignete ich mir gewisse ornithologische Kenntnisse an. Der älteste bekannte Ara lebte in England, er starb mit hundertvier Jahren. Papageien waren nicht nur die einzigen Vögel, die so alt wurden wie Menschen, sie waren auch die einzigen Vögel, die rülpsen konnten. Sie waren gesellig und lebten in Schwärmen.

Nur über die Lebenserwartung des poicephalus senegalus, das in meinem Fall Maßgebliche, fand ich keine verlässlichen Angaben. Zwanzig bis fünfundzwanzig Jahre alt wurde er nach dem einen Bericht, dreißig bis vierzig nach einem anderen. Ein Vogelhändler aus Vechta wollte von einem über fünfzig Jahre alten Senegalpapagei gehört haben.

Mit seiner schrillen, durchdringenden Stimme verständigte sich der poicephalus senegalus in den weitläufigen Steppen Afrikas mit seinen Artgenossen über große Entfernungen. Seinen Gewohnheiten wurde er auch in der Gefangenschaft nicht untreu. Kein Wunder, dass er mit uns kommunizierte, als wären wir ein paar Häuser entfernt.

Sollte ich mit diesem Ruhestörer noch zwanzig oder dreißig Jahre mein Leben teilen? Ein Hund, eine Katze, meinetwegen. Ich hatte keine Kinder, auch Mara nicht, für das schreiende Leben waren wir beide nicht gemacht. Von sich aus, erklärte sie, hätte sie sich nie ein Haustier zugelegt, weder einen Hund noch eine Katze, schon gar keinen Vogel. Der Papagei hatte ihrem Ex-Freund gehört und war schließlich an ihr hängen geblieben.

Es war Maras Vogel, nicht meiner. Niemand zwang mich, mit diesem Schreihals unter einem Dach zu wohnen. Trotzdem beschäftigte mich dieser Käfigbewohner mehr, als mir lieb war. Ohne dass ich es wollte, schob er sich zunehmend zwischen Mara und mich.

Hinter ihrem Rücken rief ich Tierheime an und fragte nach einem Platz für einen Senegalpapagei. In einem Heim hätte er ein besseres Leben, zwar immer noch in Gefangenschaft, aber unter Artgenossen, redete ich mir ein.

Er mag dich, sagte Mara. Und wenn man sich ein wenig um ihn kümmert, wird er auch ruhig.

Mir wäre lieber gewesen, er hätte mich nicht gemocht. Kaum hörte er mich, kaum war ich in der Nähe, flatterte er aufgeregt mit den Flügeln, bettelte um meine Liebe, krähte und flehte. Hätte ich mich zu ihm hinunter-gebückt, wäre er sofort auf meine Schulter gestiegen.

Ahnte er, dass sich zwischen uns ein stummer Kampf abspielte, dass ich sein Feind war, kämpfte er darum so verzweifelt um meine Liebe, weil er fürchtete, ich könnte ihm Mara wegnehmen?

Er liebte es, wenn sie mit der Nasenspitze seine Kopffedern streichelte, doch mit den Händen anfassen ließ er sich nicht. Die Hände, erklärte Mara, bringe er nicht mit ihr in Verbindung, die Hände seien für ihn un-abhängige, feindliche Wesen. Manchmal jedoch schien er seine Furcht zu verlieren, und Mara konnte ihm mit dem Zeigefinger vorsichtig über den Kopf fahren. Dann horchte er, lauerte und schien sich nicht ganz schlüssig zu sein, was mit ihm geschah, bis schließlich das Miss-trauen überwog, und er nach dem Finger zu schnappen begann.

Alle fanden ihn süß. Nur ich nicht.

Meine Wohnung war klein, aber ruhig. Ich konnte eine Kaffeetasse anheben, ohne dass mich plötzlich ein schriller Papageienschrei zusammenfahren ließ. Ich verbrachte den Abend gerne zu Hause. Lieber mit mir allein als mit einem Papagei.

Du beklagst dich, dass der Norden nicht so gesellig ist, aber du bist es, der sich zurückzieht, beschwerte sich Mara.

Sie und ihre Mitbewohnerin hatten Freunde eingeladen, ich konnte mir genau vorstellen, wie der Abend verlief. Der Papagei würde das Gespräch dominieren, obwohl er kein einziges Wort verstand. Die Dümmsten rissen die Klappe immer am weitesten auf, so war es, so war es immer gewesen, so würde es immer sein.

Mit seinem bunten Gefieder und dem großen Kopf nahm er Besucher für sich ein. Er war clownesk, er war drollig. Mit so viel Buntheit und charmanter Clownerie konnte ich nicht aufwarten.

Seine Art, sich auf dem Tisch fortzubewegen, löste Heiterkeit aus. Seine großen Krallen behinderten ihn. Er hob sie nicht wirklich an, sondern schob sie auf der Tischplatte vor, als wäre er in viel zu große Schuhe gestiegen, seine Schwanzfedern schwangen mit jedem Schritt entenhaft nach links und nach rechts aus. In verblüffendem Tempo konnte er sich auf diese Weise fortbewegen, dabei reckte er seinen großen Kopf so weit vor, dass es aussah, als würde ihn jemand am Schnabel ziehen, mit den Beinen kam er kaum nach.

Mara zog mich auf die helle Seite des Lebens, neben ihr fühlte ich mich leicht. Als wäre ich in einem Zuhause angekommen, nach dem ich mich schon immer gesehnt hatte.

Sie liebte mich. Doch sie liebte auch den Vogel. Sie liebte diesen Vogel wie eine Mutter ihr Kind. Für diesen Krachmacher fand sie zärtlichere Worte als für mich.

Manchmal bat sie mich, nach ihrem Winzling zu schauen, wenn sie morgens früher zur Arbeit musste als sonst. Doch statt zu diesem Krakeeler setzte ich mich ins nächste Café. Nicht aus Bosheit, nicht um Mara zu hintergehen. Es war mir unmöglich, den Tag ohne einen Cafébesuch zu beginnen. Ich konnte mir noch so fest vornehmen, mich zuerst um den Vogel zu kümmern, meine Schritte führten mich an meinen gewohnten Ort.

Als ich jünger war, hatte ich oft Angst, das Haus zu verlassen. Mir gefiel nicht, was ich sah. Mir gefielen die Menschen nicht. Sie machten mir Angst. Sie waren nur in Büchern erträglich. Auf kürzestem Weg eilte ich ins nächste Café. Was zwischen der Haustür und der Eingangstür des Cafés lag, blendete ich aus. Im Café hatte ich meine Ruhe, die Welt blieb draußen.

Meine Kaffeesucht kam nicht von ungefähr, sie war eine Familienkrankheit. Genauer, eine Mutterkrankheit. Nur im Café fand meine Mutter zu sich, und weil sie immer bei sich sein wollte, verbrachte sie die Tage im Café. Selbst im Hochsommer fuhren wir nicht in die Berge oder ans Meer, denn weder am Meer noch in den Bergen gab es genug Cafés, wir fuhren nach Rom oder Paris. Mutter zog mit Vater, meiner Schwester, meinem Bruder und mir von einem Café ins nächste, eine koffeinhaltige Tour, die vom Morgen bis zum Abend dauerte. Vater hätte es nie gewagt, einem ihrer Wünsche nicht nachzukommen.

Ich war sechs, als meine Eltern von Zürich in ein Dorf am Jura Südfuss zogen. Ausgerechnet ins helvetische Regen- und Nebelloch. Es war wohl dieses Jura-Südfusswetter, das mir die Schule verleidete. In den letzten beiden Jahren am Gymnasium begann ich den Unterricht zu schwänzen, lieber verbrachte ich meine Zeit in einem der beiden Stadtcafés. Ich versuchte auszurechnen, in welchem der beiden Cafés meine Mutter gerade nicht war, doch unerwartete Begegnungen waren unvermeidlich. Sie schien sich nicht zu wundern, dass ihr Söhnchen nicht in der Schule war.

Sie liebte die Gegend nicht, in die es sie verschlagen hatte, sie vermisste Zürich, sie vermisste die Oper, das Theater und vor allem die Konzerte, sie vermisste die städtische Eleganz. Doch ihr Mann hatte in dieser zürichfernen Wildnis eine Stelle als Spitalarzt angetreten, nichts anderes war ihr übriggeblieben, als ihm zu folgen.

Sie hatte einen Sohn, der in ihre Fußstapfen trat. Gegen meine Lüge, ich hätte gehofft, sie im Café zu treffen, weil der Unterricht schon wieder ausfiel, erhob sie keine Einwände. Nichts war ihr lieber als ein Gespräch über Baudelaire, Rimbaud oder Verlaine, wie ich verehrte sie diese Dichter. Wahrheitsgemäß müsste ich sagen: wie sie verehrte ich diese Dichter, die zum Bestand ihrer französischsprachigen Hausbibliothek gehörten. Mit einem Mann verheiratet zu sein, der anständig arbeitete wie mein Vater und abends müde nach Hause kam, entsprach nicht dem Leben, von dem sie geträumt hatte.

Der Papagei wartete auf sein Frühstück, ich aber saß im Theatro, saß wie festgenagelt auf meinem Stuhl, die Vorstellung, mich um diesen Schreihals kümmern zu müssen, lähmte mich. Ich versuchte an Mara zu denken, an Mara ohne Papagei, aber sobald ich an Mara dachte, sah ich diesen Vogel vor mir, hörte ich sein Gekrächze, hörte den fernen Ruf der afrikanischen Steppen.

Die Kübelpalmen, die orangen Sonnenschirme weckten eine wehmütige Erinnerung an südlichere Gegenden, doch die grüngefiederte, schon sehr alte Linde schien dem milden Septembermorgen nicht ganz zu trauen. Im noch hellen, aber schon vorsichtigen Licht kündete sich ein Herbst an.

Mit schlechtem Gewissen eilte ich gegen Mittag zu

Maras Liebling. Ich schlug den Fenstervorhang zurück, der unverbesserliche Frühaufsteher saß auf dem Tisch neben dem Käfig und regte sich nicht. Er schien beleidigt, dass ich so spät kam, er schien zu wissen, was Mara mir aufgetragen hatte.

Ich bin kein Morgenmensch wie du, mein kleiner Dummkopf, du brauchst nicht beleidigt zu sein.

Er tat, als bemerkte er mich nicht. Wäre er immer so ruhig, dachte ich, könnte ich mich mit ihm anfreunden.

Ich war im Café, tut mir leid, ohne Kaffee bleibt es in meinem Oberstübchen zappenduster, erklärte ich ihm. Ratlos stand ich vor dem Käfig. Ich verstand es nicht, wie Mara mit ihm zu reden, mir fehlte der mütterliche Instinkt.

Um Mara eine Freude zu machen, hatte ich ihm Haselnussstangen aus Zürich mitgebracht. *Nussstängeli*, wie die Schweizer sagen. Als ich mit dem Gebäck aus der Küche zurückkehrte, wartete er bereits am Tischrand, streckte sich vor, etwas zu weit, er verlor das Gleichgewicht. Flügelschlagend flatterte er zu Boden, neben dem Fuß der Stehlampe blieb er sitzen, vor Schreck kackte er bei der Landung auf den Dielenboden.

Wie zauberte ich diesen Dussel bloß wieder auf den Tisch? Mara streifte sich jeweils einen Pullover über, legte sich neben ihn und redete ihm zu, bis er auf ihren Ärmel kletterte. Doch meinem Konkurrenten wollte ich nicht zu nahe kommen.

Ich könnte ihn auf einen Teller oder ein Backblech locken. Eine Salatschüssel über ihn stülpen, einen Karton unter die Schüssel schieben und ihn so wie eine Fliege im umgestülpten Glas auf dem Tisch absetzen. Mein Blick fiel auf die Kohlenzange im Kamin. Wenn ich ihn mit dieser Zange sanft vom Boden hob?

In der Küche entdeckte ich ein Kehrblech, das ich vorsichtig an ihn heranschob, als Köder legte ich eine Nussstange darauf. Er musterte zuerst das Blech, ohne sich zu regen, blickte dann mit dem gesunden Auge zu mir hoch und schien nachzudenken. Plötzlich gab er sich einen Ruck und bewegte sich auf mich zu, mit vorgerecktem Kopf, schwanzfederwippend, ich wich zurück. Einen Moment hielt er inne und krächzte beleidigt, bevor er seine Verfolgung wieder aufnahm, etwas schneller als vorher.

Ganz klar hatte der Schlaumeier seine Chance erkannt. Aber wer sagte denn, dass dieser gefiederte Kerl wirklich in mich vernarrt war, wie Mara behauptete? Vielleicht wartete er nur darauf, dass ich ihm in die Falle ging und zutraulich wurde, um mich mit seinem Schnabel zu traktieren.

Ich war schon im Begriff, mich einfach davonzustehlen, als Maras Mitbewohnerin von der Arbeit zurückkehrte. Sie lachte, als sie sah, wie ich mich vor dem Papagei in Sicherheit zu bringen versuchte. Sie war Psychiatriepflegerin, sie wußte sofort, was in heiklen Situationen zu tun war. Rasch holte sie einen Wischmopp aus dem Besenschrank und hielt meinem Verfolger den Stiel hin. Doch Friedolin interessierte sich nicht für den Besen, er interessierte sich ausschließlich für mich.

Ich lebte in einer Dreierkiste. Eine Frau, ein Papagei und ich. Das erzählte ich jedem, der es hören wollte.

Was beklagst du dich, meinte ein Freund. Frau und Papagei, das sind zwei Fliegen auf einen Schlag. Der kleine Vogel ist der Kitt zwischen euch, sie wird dir nie davonlaufen.

Am liebsten hätte ich nein gesagt. Mara musste aus beruflichen Gründen nach Hamburg. Da ihre Mitbewohnerin im Urlaub war, bat sie mich, dem Vogel Gesellschaft zu leisten. So wie ich die Dinge sah, hätte der Vogel gut einen Abend allein bleiben können, doch ich wollte Mara nicht enttäuschen.

Lies ihm etwas vor, das mag er.

Was liest man einem Papagei vor? *Jim Knopf und die Wilde 13*? *Der Räuber Hotzenplotz*? Ich stand vor meinen Bücherregalen und sichtete meinen Bestand. Naturgemäß blieb ich bei meinen Lieblingsautoren hängen, griff nach einer Novelle von Nina Berberova und begann zu lesen.

Kaum einer kannte diese große russische Autorin im deutschsprachigen Raum. Meine Begeisterung weckte wenig Interesse, denn von einer, die nicht bekannt war, wollte man in Bremen gar nichts wissen. Die Gassen im Schnoor, dem mittelalterlichen Viertel der Stadt, waren so schmal, dass man die Arme nicht ausstrecken konnte, ohne eine Hausmauer zu berühren, wie hätte da eine wie Nina Berberova Platz haben sollen? Ich mied diese Gassen, ich hatte Angst, dass ich sonst noch dünner würde, als ich ohnehin schon war.

Sie habe nicht, wie Sartre, ein halbes Jahrhundert gebraucht, um sich vom Elternhaus zu befreien, spottete Nina Berberova, und ihr Landsmann, Vladimir Nabokov, nicht minder scharfsinnig und spottlustig, hielt Freud für den größten unfreiwilligen Komiker, den er kenne. Die Russen waren im Paris der Zwischenkriegszeit nicht besonders beliebt, sie waren gefeit gegen die geistigen Krankheiten des zwanzigsten Jahrhunderts, sie waren zu intelligent.

Sie waren zu intelligent, sie brauchten den erbärmlichen Götzenkult der Selbstfindung nicht, ihr Leben im Exil war schon schwierig genug, aber das einem Steppenzwieback wie dir begreiflich zu machen, wäre etwas viel verlangt. Nun soll ich dir vorlesen, dir etwas literarische Bildung beibringen, aber ich fürchte, daran bist du nicht interessiert.

Was liest man einem Papagei vor? Mit einer Flasche Wein und der *Legende vom heiligen Trinker* verließ ich die Wohnung.

Nun ist Schluss mit dem Lotterleben, du kleiner Bettnässer, heute Abend bekommst du Privatunterricht. Joseph Roth wird dir gefallen, seine Prosa ist federleicht, so federleicht wie du, er schrieb wie im Flug, doch im Gegensatz zu dir konnte er die Flügel ausspannen und die Himmel durchsegeln.

Ich redete mit dem Vogel, als wäre er anwesend, ich hänselte ihn, ich war wütend, dass ich als Babysitter einspringen musste. Schlechtgelaunt stieg ich die vier Stockwerke zu Maras Wohnung hoch.

Er schien den ganzen Tag auf mich gewartet zu haben, die Begrüßung war laut und herzlich. Der Tisch, auf dem der Käfig stand, war vollgekleckert, doch um den Kot zu entfernen, hätte ich das Ferkel vom Tisch weglocken müssen. Mara hatte mir alles bereitgelegt: die Hirse, den Papageienkeks, die Möhre, die Maiskörner, die Erdnuss, den Apfel. Nur konnte ich mich an die genaue Reihenfolge, auf die dieser anspruchsvolle Mitbewohner bestand, nicht mehr erinnern.

Die Maiskörner interessierten ihn wenig. Den Papageienkeks ließ er gleich wieder fallen. Als ich ihm die Erdnuss hinhielt, bestieg er den Holznapf neben dem Käfig, auf dem Rand des Napfes drehte er sich zu mir um. Ich begriff nicht gleich, dass er die Nuss nun doch noch wollte, dass der Napf der Ort für die Nuss war. Nur auf diesem Thron nahm der König die Gabe in Empfang.

Noch blieben die Hirse, die Möhre, der Apfel. Seine Durchlaucht war Herrscher über die Zeit, sie gehorchte ihm, er konnte sie beliebig dehnen. Diese Fähigkeit besaß ich nicht. Andächtig knabberte er am Keks, hielt dabei immer wieder inne und musterte mich mit dem gesunden Auge, als wunderte er sich, dass ich ihm lediglich zuschaute und nicht selber aß. Ich hatte vorgehabt, später bei mir zu kochen, aber ich konnte meinen Hunger nicht länger unterdrücken und suchte in der Küche nach Essbarem. Aus Resten, die ich im Kühlschrank fand, bastelte ich mir ein Menü, kehrte mit Lachs, Zitrone, Meerrettich, einem hartgekochten Ei und von einer Mahlzeit übrig gebliebenen Bratkartoffeln zurück.

Kaum hatte ich mich in den Sessel neben dem Käfig gesetzt, schob er seine großen Krallen über den Tisch, streckte den Kopf, streckte ihn weit über den Tischrand vor und beäugte meinen Teller. Er wollte wissen, was ich aß, er war, wie es schien, um mein Wohl als Gast besorgt.

Ich aß nicht, was er aß, das stellte er rasch fest. Eine Inkongruenz, die ihn empörte, er plusterte sich auf, starrte auf den Teller, stand hoch aufgerichtet da mit seinem gelben Brustlatz und protestierte heftig gegen diese Ungerechtigkeit. Was konnte ich gegen diesen anhaltenden und beleidigten Protest tun, wie ging man gegen einen so unbelehrbaren Demonstranten vor? Ich gehörte zu den verständigen Politikern, ich wollte meine Ruhe und hielt ihm den Teller hin.

Dem Lachs misstraute er, dafür schnappte er sich einen Kartoffelschnitz. Hatte er verzehrt, was er sich geholt hatte, eilte er rasch wieder zur Futterstelle. Vorsichtig setzte er eine Kralle auf den Tellerrand, wagte sich weiter vor als vorhin und bohrte den Schnabel ins hartgekochte Ei. Die aufgeregte und zwitschernde Begleitmusik verriet seine Seligkeit.

Wir aßen nun beide, aßen aus demselben Teller, ich war ein wohlerzogener Gast, er konnte sich nicht beklagen.

Nach der Mahlzeit gähnte er ein paar Mal, doch auf

seine Schlafstange setzen wollte er sich deswegen noch lange nicht. Die Vorlesestunde war gekommen, ich griff nach dem Buch. Eine kurze Einführung in den Text schien mir angebracht.

Joseph Roth, erklärte ich ihm, flüchtete vor den Nazis nach Paris, er starb gerade noch rechtzeitig vor dem Einmarsch der deutschen Truppen. *Die Legende vom heiligen Trinker* schrieb er wenige Monate vor seinem Tod. Diese Legende, mein kleiner Vielfraß, ist der heiligen Therese von Lisieux gewidmet, der Schutzpatronin der Clochards und Trinker. Andreas, der Held der Geschichte, ist nämlich beides, Clochard und Trinker.

Eines Tages kommt ein gutgekleideter Herr auf Andreas zu und schenkt ihm zweihundert Francs, einfach so. Nur mir, erklärte ich Friedolin, passiert es nie, dass ein gutgekleideter Herr in spendabler Laune auf mich zukommt. Längst wäre ich verhungert, besäße ich nicht die Gabe der wundersamen Brotvermehrung, das seltene Talent, hinter einen Geldschein von fünfzig oder hundert Euro noch ein oder zwei Nullen zu malen, folglich kehre ich nach jeder Lesung reich beschenkt zurück, denn mit Nullen weiß keiner so gut umzugehen wie ich ...

Wie lange hatte ich Friedolin vorgelesen? Ich erinnerte mich nicht mehr. Ich erinnerte mich nur noch, dass er mir zugehört hatte, aufmerksam, als würde er meine Worte verstehen. Es war Mara, die mich weckte. Ich musste im Sessel neben dem Käfig eingeschlafen sein, die *Legende vom Heiligen Trinker* in der Hand. Friedolin habe ebenfalls geschlafen, jedoch nicht auf seiner Schlafstange wie sonst, sondern auf dem Tisch, an das kühle Weinglas gelehnt, berichtete Mara.

Immer häufiger schaute ich am Nachmittag bei Friedolin vorbei und las ihm vor. Im Unterschied zu den meisten Lesern besaß er ein ausgeprägtes Gehör für den Rhythmus, den Klang eines Satzes. Mit einem Kriminalroman oder einem achthundertseitigen Familienepos konnte man bei ihm nicht punkten. Mit Proust tat er sich schwer, dafür liebte er Gedichte, vor allem in italienischer oder portugiesischer Sprache. Bald war er mit der *Oda marítima* oder der *Tabacaria* von Pessoa vertraut, mit Petrarcas *Canzoniere*, Leopardis *Canti* oder Montales frühen Gedichten.

Aufmerksam hörte er zu, gab gelegentlich einen wohligen Laut von sich, einen kleinen, zärtlichen Pfeifton, eine Katze hätte wohl geschnurrt. Manchmal zog er, wenn ich ihm vorlas, das eine Bein ein, in dieser Position verharrte er, solange meine Musik nicht verstummte.

Friedolins Tagesrhythmus orientierte sich am Sonnenstand. In der kalten Jahreszeit wachte er erst auf, wenn Mara schon im Laden war. In der kalten Jahreszeit bereitete ich ihm das Frühstück zu. Ich flüchtete nicht mehr ins Café, wenn ich am Morgen meine Wohnung verließ, ich eilte zu dem kleinen Kerl, röstete ihm einen Körnertoast und erzählte ihm, was ich nachts geträumt hatte.

Wie lange kannten wir uns schon? Ein gutes halbes Jahr. Nichts entging ihm, selbst meine verborgenen Gedanken schien er zu erraten. Von mir hingegen konnte ich nicht sagen, dass ich in seiner Seele las wie er in meiner.

Warum hatte er ausgerechnet einen Narren an mir gefressen? Irgendetwas musste an mir sein, das mich in seinen Augen vor anderen Menschen auszeichnete. Etwas, das nur er sah, kein anderer Mensch, auch ich nicht. Auch Mara nicht.

Vorher lagst du mir mit dem Geschimpfe über den Vogel in den Ohren, nun lobst du ihn in höchsten Tönen, bemerkte ein Bekannter. Hast du die *Oda marítima* von Pessoa gelesen, fragte ich ihn.

Natürlich kannte er weder die *Oda marítima* noch die *Tabacaria*, weder Petrarcas *Conzoniere* noch Leopardis *Canti*. Seine Einladung, irgendwo einen Kaffee zu trinken, lehnte ich ab.

Junge Senegalpapageien sind nicht auf einen bestimmten Menschen fixiert. Erst in der Adoleszenz wählen sie eine Bezugsperson aus, der sie für den Rest ihres Lebens treu bleiben. Diese Bezugsperson kann irgendein Mitglied der Familie sein, aber auch der Postbote oder ein zufälliger Bekannter.

Dies und Ähnliches war in Fachbüchern zu lesen. In einer Zeitschrift für Tierfreunde stieß ich auf einen Bericht über Senegalpapageien, der von Ausnahmefällen sprach. Würde der Vogel zu früh von den Eltern getrennt, schrieb die Verfasserin, so könne die Adoleszenz-phase ausbleiben, in der die Fixierung auf eine Bezugs-person eintrete.

Friedolin gehörte, wie es schien, zu diesen Aus-nahmefällen. Er liebte Mara, er liebte mich. Oder war er dabei, die Seite zu wechseln? Mara befürchtete es. Ausgerechnet sie, die meine anfängliche Ablehnung des Vogels so aufgebracht hatte, war nun eifersüchtig.

Wie jede Mutter, war sie eingenommen von ihrem Kind. Dieser Vogel war ein Hochbegabter, ein Genie, dessen Talente leider nur sie, die Mutter, erkannte. Müsste dieses Wunderkind zur Schule, würde sie sich mit jedem Lehrer anlegen, der ihm nicht die Bestnote gab.

Ich gestand mir nicht ein, dass auch ich längst zu einem verblendeten Vater geworden war. Jeden, der es wissen wollte, klärte ich über die ungewöhnliche Intel-ligenz von Papageien auf. Dass ich lieber mit dem Vogel als mit den meisten Zeitgenossen redete, behielt ich für mich.

Es ist nur noch eine Frage der Zeit, bis er zu dir über-läuft, beklagte sich Mara. Sie fand es ungerecht, dass Friedolin, für den sie so viel getan hatte, sich nun aus-gerechnet an mich hängte.

Die Straßen in Bremen wurden immer enger. Eines Tages würde ich in ihnen stecken bleiben. Ich fand keine schlüssige Erklärung für das heimtückische Verhalten dieser Stadt. Meist wurden die Straßen breiter und lebendiger, je länger ich an einem Ort lebte. So war es in Paris, in Lecce, in Madrid gewesen. Aber Bremen war wie Wien, Bremen führte mich in die Enge.

Nie würde mir Mara in den Süden folgen, auch wenn sie von einem Leben in wärmeren Breitengraden träumte. Ihr würde gelingen, was mir nie gelungen war. Sie hatte ein eigenes Geschäft eröffnet und war dabei, sich an einem Ort zu verwurzeln.

Die Bücher beruhigen mich, sagte sie. Mit den Büchern bin ich weder Mann noch Frau, sondern ein Auge, das durch die Zeit reist.

Sie entzifferte Handschriften, versuchte lateinische oder altgriechische Texte zu verstehen, prüfte die Echtheit einer Ausgabe oder einer Signatur, knifflige und zeitraubende Recherchen führten sie durch die Editionsgeschichte früherer Jahrhunderte. Sie rätselte und forschte gerne, diese fernen Welten sprachen zu ihr und entführten sie aus der Gegenwart.

In drei Tagen bin ich wieder da, mein Spatz. Ich brauche frische Luft, ich kann mein Leben nicht in einem Käfig verbringen wie du, erklärte ich Friedolin. Ich floh aus Bremen, so oft ich konnte, fuhr nach Hamburg oder Berlin, besuchte Freunde in Köln oder Paris.

Ich lebte mit einer Frau, zu der es mich hinzog. Ich lebte an einem Ort, von dem es mich wegzog. Enrico, einer meiner ältesten und vertrautesten Freunde, rief mich aus Lecce an. Warum wohnst du nicht ein paar Monate im Jahr bei uns, was spricht dagegen? Der Mensch braucht Wärme und Licht.

Ich gab meine Lektürekurse am Zentrum für Erwachsenenbildung auf. Mitte September fuhr ich nach Apulien, in Lecce wollte ich zwei oder drei Monate bleiben.

Aus einem verregneten Herbst kehrte ich ins Licht zurück, kein Herbstlicht für einen, der aus dem Norden kam, sondern ein Sommerlicht. Die kleine Stadt lag zwischen Ost und West, zwischen dem Tyrrhenischen und Adriatischen Meer, woher der Wind auch wehte, er kam immer vom Wasser. Die Steine schwitzten, die Bäume und die Menschen schwitzten, selbst die streunenden Katzen und Hunde waren müde vom Sommer.

Nichts hat sich hier geändert, nur muss ich jetzt nachts zwei Mal aufstehen, lachte Enrico, der mich vom Bahnhof abholte. Wie sein Vater war er Jurist geworden, doch die Musik und die Literatur liebte er weit mehr als die Paragraphen. Wir saßen unter Pinien am Meer, wir verbrachten die Mittage und Abende zusammen. Tiere laufen dir zu, wenn eine wichtige Änderung in deinem Leben ansteht. Drückst du dich vor dieser Änderung, nimmt an ihrer Stelle ein Hund oder eine Katze den Platz ein. Bei mir war es so, und ich habe es oft bei anderen beobachtet, behauptete Enrico.

Seine siebenjährige Tochter hatte einst einen Hund mit nach Hause gebracht, bald jedoch mußte er sich um das zugelaufene Tier kümmern. Die beiden wurden ein unzertrennliches Paar, die Affenliebe zu diesem Mischling konnte ich damals nicht verstehen. Kurz nach dem Tod des Vierbeiners trennte sich Enrico von seiner Frau.

Wenn Enricos Theorie stimmte – vor was für einer Veränderung fürchtete ich mich? Vor einem definitiven Umzug in den Süden? Ich wollte weder Mara noch Friedolin im Stich lassen.

Wenn ich allein war, führte ich Monologe mit Mara, zeigte ihr die Kirchen, die Palazzi und Plätze, die ich besonders liebte. Das Licht brachte das Leben im Süden zum Stillstand. Weil sich die Dinge im Süden nicht so rasch veränderten, redeten die Menschen laut und viel. Die Stille weckte Furcht, in der Stille redeten die Toten. Mit den Toten konnte man nicht feiern und lachen, sie blieben ernst, sie verurteilten unsere schlechten Taten. Deshalb respektierte und fürchtete man sie.

Friedolin vermisst dich, er läßt den ganzen Tag den Kopf hängen, sagte Mara bei einem unserer Telefonate.

Der Kleine brauchte mich. Am nächsten Morgen, als ich auf der Piazza Sant'Oronzo meinen ersten Espresso trank, sah ich ihn vor mir, wie er traurig in seinem Käfig saß. Noch am selben Nachmittag buchte ich die Fahrkarten um, vier Wochen früher als vorgesehen kehrte ich nach Bremen zurück.

Friedolin, schau mal, wer da ist, begrüßte ihn Mara. Friedolin schaute, wer da war. Da war Mara. Und da war der Mann, der ihn vier Wochen allein gelassen hatte.

Er saß auf dem Tisch vor dem Käfig und gab keinen Laut von sich. Nach einem Moment der Reglosigkeit oder des Nachdenkens verschwand er hinter der Plastikwanne, die das Käfiggitter trug. Offensichtlich war er beleidigt, dass ich so lange weggeblieben war.

Er tat, als wäre er nicht da. Oder als existierte ich nicht. Vorsichtig hob er nach einer Weile den Kopf, äugte über den Wannenrand und duckte sich rasch wieder, als er mich sah. So oft ich auch um den Käfig ging, jedes Mal ergriff er die Flucht. Erst als Mara und ich im Flur die Jacken überstreiften und so taten, als würden wir die Wohnung verlassen, kam er aus seinem Versteck hervor und rief uns.

Als ich das Zimmer wieder betrat und ihn noch einmal begrüßte, als wäre ich erst in diesem Augenblick von meiner Reise zurückgekehrt, senkte er den Kopf, setzte den Schnabel auf der Tischplatte auf und verharrte in dieser Stellung. Eine Geste der Versöhnung, eine ummissverständliche Einladung, ihm den Kopf zu streicheln.

Ich neigte mich vor, einem spontanen Impuls folgend, und fuhr mit der Nase über seine Kopffedern, wohl nicht sehr geschickt. Er richtete sich auf und begann den Schnabel an meinem Nasenrücken, meiner Stirn zu reiben, vor Aufregung etwas zu fest.

Wir wussten nichts über seine afrikanische Vergangenheit, wir wussten nicht, wie er seinerzeit nach Hamburg gekommen war. Eine junge Frau, die angeblich im Drogenmilieu verkehrte, soll ihn aus einem Tierheim geholt haben. Als sie wegzog, ließ sie Friedolin bei der Nachbarin zurück. Sie würde ihn holen, sobald sie sich am neuen Ort eingerichtet habe. Sie tauchte nicht mehr auf, Friedolin blieb bei der Nachbarin, die ihr Studio mit einer Katze teilte.

Für die Katze war der neue Mitbewohner ein gefundenes Fressen. Besonders gerne legte sie sich auf den winzigen Vogelkäfig und lauerte, bis der Gefangene zu nahe ans Gitter kam. Vermutlich passte er einmal nicht genug auf, und das Raubtier erwischte mit der Kralle das eine Auge. So erzählte es der Nachbar, bei dem Friedolin sein drittes Zuhause fand.

War es vorher eine Katze gewesen, machte ihm nun ein Frettchen das Leben schwer. Die beiden teilten miteinander die Küche, das Frettchen interessierte sich nicht nur für den eigenen Futternapf. Eines Tages überraschte Friedolin den Futterdieb auf frischer Tat und zwackte ihm mit dem Schnabel den Schwanz ab. Ein Versuch, ihn mit einem Papageienweibchen aus seinem Junggesellendasein zu befreien, scheiterte kläglich.

Viele Jahre später zog Mara zu dem Mann, bei dem Friedolin wohnte. Friedolin fürchtete sich immer noch vor den Menschen, auch Mara traute er nicht. Einmal jedoch umwickelte sie nach dem Duschen das nasse Haar mit einem grünen Badetuch und blieb vor dem Käfig stehen. Friedolin kletterte in die Käfigöffnung und streckte den Kopf zu Mara empor. Sie beugte sich zu ihm hinunter, er zupfte mit dem Schnabel vorsichtig an einer Haarsträhne, die ihr von der Stirn fiel. Das war der zaghafte Anfang einer Freundschaft und Liebe. Nach und nach gewann Friedolin Zutrauen zu Mara, mit ihr zog er später von Hamburg nach Bremen.

Meine Kurse im Zentrum für Erwachsenenbildung nahm ich nach meiner Rückkehr aus Lecce nicht wieder auf. Mein sechster Roman war abgeschlossen und sollte im kommenden Frühjahr erscheinen.

Kurz vor Weihnachten rief meine Verlegerin aus Zürich an. Wir redeten über Cafés, die wie viele menschenfreundliche Einrichtungen vom Aussterben bedroht waren. Vielleicht erzählte ich ihr deshalb von meinen Schreibheften. Seit über dreißig Jahren notierte ich mir die Gespräche mit Kellnern, Kellnerinnen und Kaffeehausgästen, seit über dreißig Jahren schrieb ich an einem Logbuch über Europa, das sich mit meinen Notizen zur Stille oft überschnitt. Denn wo, wenn nicht in einem Café, stellte sich die gesuchte Stille ein.

Wo das Kaffeehaus ist, ist auch Europa. Diesen Satz aus einem Essay von George Steiner hatte ich mir notiert. Man brauchte im geographischen Koordinatensystem nur die Kaffeehäuser einzuzeichnen, und schon hatte man die Landkarte Europas. Eine geistige Landkarte mit fließenden Grenzen. Aber existierte das Kaffeehaus überhaupt noch, musste ich mich nicht schon lange mit Ersatzorten begnügen, die nur mehr dem Namen nach Kaffeehäuser waren?

Ich schleppte vier Bananenkartons aus dem Keller

in die Wohnung. Vier Kartons voller Notizhefte, fast dreihundert an der Zahl. Meine Kaffeehaushefte, meine Reisehefte, meine Nomadenhefte. Meine treuesten Begleiter. Ich schrieb sie voll, legte sie weg und vergaß sie. Selbst vor mir bewahrten sie nun ihre Geheimnisse.

Meist waren es Männer, die mir ihre Geschichte erzählten, vor allem in südlichen Ländern. Sie erzählten mir Dinge, die man nur einem Fremden erzählte, die man seiner Frau oder seinen Freunden verschwieg. Ein Fremder, der auf der Durchreise war, schadete niemandem, die Geheimnisse, die man ihm anvertraute, nahm er mit und ließ sie in einer anderen Stadt, in einem anderen Land auf einer Parkbank liegen.

In Bremen waren es nicht die Männer, die mir erzählten. In Bremen erzählten die Frauen. Die Männer in dieser seltsamen Gegend wussten wenig über sich. Sie liebten die Umwege beim Erzählen nicht, sie stießen direkt zur Wahrheit vor. Ich besaß diese Gabe nicht, ich war viel zu langsam.

Meine Hefte leisteten mir Gesellschaft, wie ein Mensch mir Gesellschaft leistete. Sie halfen mir über meine Einsamkeit hinweg. Ich stand vor den Bananenkartons, zog ein Heft heraus, legte es wieder in den Karton zurück. Meine Handschrift der frühen Jahre war kaum noch zu entziffern.

Wie sollte ich den Textfluss der vergangenen dreißig Jahre ordnen? Das schien mir so unmöglich, als müsste ich mit einer Schere ein Stück Wasser aus einem Fluss herausschneiden.

Es trifft immer die Falschen, es trifft immer die Sensiblen und Feinfühligen, erklärte ich Friedolin. Es trifft die Cafés, die jeden willkommen heißen und weder eine bestimmte Frisur noch eine bestimmte Schuhmarke vorschreiben. Ein Café, erklärte ich Friedolin, hat Musikgehör, ein Café ist polyglott und besitzt Esprit, aber gerade die Cafés der alten Schule, die noch höflich und zuvorkommend sind, die den Gast noch nach seinen Wünschen fragen, gerade diese Cafés sterben aus.

Friedolin hörte mir zu. Er verstand mich. Ich reichte ihm eine Erdnuss, mit seinen Krallen – ›Krallen‹ war nicht das richtige Wort. Im Unterschied zu anderen Vogelarten besaß ein Papagei keine Krallen. Sie waren zu zart, sie glichen zu sehr einem Fuß oder einer Hand. Ornithologen sprachen von einer Fußhand, einem Fuß oder einer Hand, einem Kletterfuß, einer Kletterhand oder einer Greifhand. Mit seiner Hand, die ein Fuß war, mit seinem Fuß, der eine Hand war, hielt er die Erdnuss fest.

Er zerlegte die Schale, bis der Nusskern sichtbar wurde, drehte ihn mit Schnabel und Zunge so lange in der Schale, bis sich das braune Häutchen löste. Ein Kunststück, das ein erstaunliches Geschick voraussetzte. Fasziniert schaute ich ihm zu, wie er den Kern in seine zwei Hälften teilte, die eine Hälfte in den Unterschnabel schob und sie mit der Zunge fixierte, sodass sie fest in der Schnabelhöhlung lag. Die eigentliche Mahlzeit konnte nun beginnen. Mit dem Oberschnabel fuhr er in raschem Rhythmus über den im Unterschnabel eingebetteten Kern und schabte ihn auf diese Weise aus.

Besonders gerne ließ er die Erdnuss, die ich ihm reichte, wieder zu Boden fallen. Hob ich sie auf, schnappte er sie sich mit dem Schnabel, umklammerte sie mit der Fußhand, hielt sie aufrecht vor seinen Brustlatz und musterte mich mit dem gesunden Auge, als überprüfte er meine Reaktion. Oder meine Ungeduld. Nach einer Weile ließ er die Erdnuss wieder fallen. Reichte ich sie ihm noch einmal, pfiff er anerkennend.

Wenige Wochen nach meiner Rückkehr aus Lecce zog Mara um. Der Vermieter war in den Ruhestand getreten und beanspruchte nun die Wohnung für sich.

Veränderungen machten Friedolin Angst, er war kein Nomade. Wir ziehen um, erklärte ihm Mara. Das verstand er nur zu gut. Warum einen Ort verlassen, an den er sich gewöhnt hatte? Hartnäckig klammerte er sich an seiner Sitzstange fest. Er wollte kein Frühstück. Kein Ei, keinen Toast, auch keine Erdnuss.

Mit einem hanseatischen Nieselregen hätte ich mich noch abfinden können, aber über der protestantischen Stadt ging ein heftiges Gewitter nieder, eine fette katholische Strafpredigt. Nach mehr als drei Jahren besaß ich immer noch keine unwettertaugliche Ausrüstung, meine Kleidung passte lediglich für Cafébesuche. Das Sofa, der Tisch, die Sessel, die Kommode und die Bücherkartons, alles wollte die vier Stockwerke hinuntergetragen werden. Wir waren zu sechst, wir waren zu viele, im Treppenhaus kamen wir nicht aneinander vorbei.

Eine Stehlampe, die verloren in einer Ecke stand, zog meinen Blick auf sich, niemand interessierte sich für sie. Mir war, als riefe sie mich. Als ich mit ihr vor die Haustür trat, fehlte der Stoffschirm, ich konnte nicht sagen, wo er unterwegs geblieben war.

Der Transporter war noch kaum beladen, doch für die Lampe war kein Platz. Was ich mir denn gedacht habe! Was hatte ich mir gedacht? Nichts, um genau zu sein, ich dachte nicht immer. Die Lampe war mir so scheu und fragil vorgekommen, und mit dem Scheuen und Fragilen verbündete ich mich leicht.

Zuerst wurde das Grobe und Undelikate geladen, klärte mich Mara auf, das Scheue und Fragile kam zuletzt.

Wie immer war ich zu früh, mit meinem Hang zum Subtilen und Delikaten war ich meiner Zeit voraus. Da stand ich mit der Lampe und wusste nicht, ob ich sie die vier Stockwerke hochtragen sollte, um sie nachher, zum richtigen Zeitpunkt, wieder herunterzutragen, zum Zeitpunkt, wo sie von der Allgemeinheit erwartet wurde. Doch was von der Allgemeinheit erwartet wurde, hatte noch nie jemanden erleuchtet.

Wir waren immer noch am Tragen und Schleppen, als Mara auffiel, dass der Käfig leer war. Von Friedolin fehlte jede Spur.

Wir riefen ihn, horchten, die Wohnung blieb still. Eine fieberhafte Suche begann, Möbel wurden verrückt, selbst der Mülleimer in der Küche entging unserer Kontrolle nicht. Wir suchten im Treppenhaus, Mara klingelte an allen Wohnungstüren. Nur ein Mieter war zu Hause, durch den plötzlichen Überfall fühlte er sich bedroht. Mit dem Ärmel strich er sich über die Stirn, als wollte er einen Albtraum verscheuchen, schüttelte den Kopf und verriegelte die Tür rasch wieder.

Mara saß im leergeräumten Wohnzimmer auf dem Boden und weinte. Wir standen um sie herum, keiner von uns wusste, was zu tun war. Hatte sich eine Katze unbemerkt angeschlichen? War Friedolin vom Tisch geflattert und hatte, erschreckt von der Hektik, den Weg ins Freie gefunden?

Ich stand vor dem Fenster und blickte in den Regen hinaus, als ich neben mir ein vorsichtiges Piepsen hörte. Friedolin hing in einer Innenfalte des Vorhangs. Ich hielt ihm den Arm hin, von meinem Arm kletterte er auf meine Schulter und klammerte sich dort fest.

Mara wollte die Möbel zuerst in die neue Wohnung bringen und Friedolin und mich nachher mit dem Transporter abholen. Sie holte einen Sessel aus dem Schlafzimmer ihrer Mitbewohnerin, legte eine Decke darüber und ließ mich mit Friedolin, ein paar Papageienkeksen und dem Käfig allein.

Es ist noch zu viel Unruhe für dich in der neuen Wohnung, so viele Möbelschlepper verursachen einen ungesunden Lärm, darum müssen wir hier warten, bis eine gnädige Fee uns abholt, erklärte ich Friedolin. Mara ist eine praktische Frau, aber für uns beide, die nicht praktisch veranlagt sind, hat das höchst unpraktische Folgen. Kannst du mir sagen, warum du dich nicht gemeldet hast, als wir dich suchten und riefen?

Wir warteten beide, ich hatte keine Lektüre mit. Nicht nur ich, auch Friedolin wurde nach einer gewissen Zeit unruhig, blickte zur Tür und krähte, in diesem verlassenen Zimmer wollte er nicht länger bleiben. Er vermisste Mara, ich einen Kaffee. Warum nicht, dachte ich. Was war denn gegen einen Cafébesuch einzuwenden? Ich rief beim Tölke an, zum Glück nahm meine Lieblingskellnerin ab. Von Friedolin hatte ich ihr schon erzählt, sie freute sich, ihn kennenzulernen.

Um 14.07 Uhr bestiegen ein Schweizer und ein Senegalese ein Taxi. Der Fahrer war Iraner. Eine unvorhergesehene Kombination, die in keine Verordnung der Europäischen Union passte, folglich nahm das Gespräch seinen natürlichen, ungeplanten Verlauf.

Der Fahrer breitete Friedolins Decke auf dem Rücksitz aus und hielt den Regenschirm über uns. Der Einstieg mit Papagei, Napf und Keksen war nicht ganz einfach, wir wurden beide nass, Friedolin drückte seinen Unmut laut und ungeniert aus.

Was für ein netter Fahrgast. Wie heißt er? Friedolin, oh, Friedolin, was für ein Name. Sitzt er immer auf dir?

Heute zum ersten Mal.

Im Haustier wohnt die Seele des Besitzers, sagt man bei uns im Iran.

Wenn meine Seele in Friedolin wohnte, dann wohnte wohl Friedolins Seele in mir. Aber was machte ich, wenn der Kleine vor mir starb?

Dieser Seelentausch hatte seine Tücken, da waren der Fahrer und ich uns einig. Wenn Friedolin sich eines Tages mit meiner Seele davonmachte, hieß das nicht, dass er in einem neuen Leben als Schriftsteller wiedergeboren wurde und ich als Papagei? Der Pudel des Kioskbesitzers wurde im nächsten Leben Kioskbesitzer, der Kioskbesitzer Pudel, im übernächsten Leben wurde der Pudel wieder Kioskbesitzer, und so ging dieses Spiel endlos weiter, weder Herr noch Hund entkamen dem Zyklus der ewigen Wiederkehr.

Vor der ersten Ampel wurde Friedolin unruhig, nicht weil die Fahrt stockte, sondern weil er ein Bedürfnis zu verrichten hatte. Ich hielt den Napf vor seine Brust, er bestieg ihn, drehte sich um und kackte, wie sich's gehörte, ins Töpfchen. Nicht immer benahm er sich so zivilisiert, manchmal wollte er Mara oder mich ärgern und kleckerte absichtlich daneben. Er schien zu wissen, dass er sich in der Öffentlichkeit befand, vielleicht hoffte er auch, durch seinen Gehorsam schneller zu Mara zu gelangen.

Gut gemacht, Friedolin, was bist du für ein kluges Kerlchen, lobte ich ihn. Rasch stieg er wieder auf meine Schulter und drückte sich an mich, ich spürte den kleinen warmen Körper, den sanften Druck seiner Füße. Ich konnte nicht sagen, dass ich mich mit einem Papagei auf meiner Schulter unwohl fühlte, ich empfand es als besondere Auszeichnung, Sitzplatz für einen Vogel der afrikanischen Steppen zu sein.

Friedolin blickte nach vorne, ängstlich an mich gepresst. Ein Haus, das sich bewegte, mal beschleunigte, mal abbremste, um Kurven bog und Bodenwellen schluckte, war nicht nach seinem Geschmack. Wir sind gleich da, mein Kleiner, du wirst sehen, im Tölke wird es dir gleich viel besser gehen.

Im Tölke war es windstill und warm. Wir waren die einzigen Gäste. Meine Lieblingskellnerin legte Friedolins Decke auf das Sofa vor dem großen Spiegel. Friedolin richtete sich auf meiner Schulter auf und versuchte, mich ins Ohrläppchen zu beißen, ich konnte gerade noch mit dem Kopf zurückweichen. Mit diesem Ausflug ins Café war er nicht zufrieden. Wo war Mara, wo war sein Käfig?

Ich bestellte eine Nussstange, ein Schweinsöhrchen und ein Glas Wasser für ihn, für mich eine Suppe und ein Sandwich. Mit seiner Fußhand hielt Friedolin die Stange wie eine Riesenzigarre vor seinen Brustlatz, sie reichte ihm bis über den Kopf, obwohl ich sie gedrittelt hatte. Vorsichtig befühlte er sie mit der Zunge, knabberte sie an, hob den Kopf, als horchte er, schließlich ließ er sie in meine Suppe fallen.

Wir führten ein Gespräch zu dritt. Ein Gespräch unter fünf Augen sozusagen, denn ob ich ein erblindetes Papageienauge mitzählen durfte, war fraglich. Lachten die Kellnerin und ich, krähte Friedolin fröhlich mit, er genoss es, in unserem Trio die Hauptperson zu sein.

Plötzlich schrie er mir ins Ohr, aus reinem Übermut, und begann meinen Hals zu reinigen, fuhr mit dem Schnabel wie mit einer sanften Klinge über die Haut, schabte und pickte die Unebenheiten und Unreinheiten weg, als hätte ich noch keine Morgentoilette hinter mir. Bedauerte er mich, weil ich so federlos war?

Als ich seiner Meinung nach sauber genug war, nahm er sich sein Gefieder vor, drehte sich auf meiner Schulter hin und her, spannte einen Flügel aus und zog die Federn einzeln durch den Schnabel. Nach vollendeter Wäsche bewegte er sein Hinterteil ein paar Mal ruckartig hin und her, wie er es jedes Mal tat, bevor er schiss. Ich war zu wenig rasch, um ihm den Napf unterzuhalten, die Ladung ging auf meinen Pullover.

Die Toilette, seine und meine, war zu seiner Zufriedenheit erledigt. Nach einem kurzen, aber lautstarken Kommentar zur vollbrachten Leistung gähnte er ein paar Mal und zog das Bein ein. Es war seine Siestazeit, außerdem war der Tag für ihn bis jetzt äußerst anstrengend verlaufen. Die Selbstverständlichkeit, mit der er sich auf meiner Schulter einrichtete, verblüffte und rührte mich. Woher nahm der kleine Kerl dieses Vertrauen? Er döste auf meiner Schulter, als wäre sie seine vertraute Sitzstange.

Maras Wohnung war groß und hell, unter dem hohen Dachgestühl fühlte ich mich wohler als in meinen zwei kleinen Zimmern. Meist schlief ich nun bei Mara, endlich hatte sie Platz für ein Doppelbett. Nachmittags schrieb ich auf dem Sofa unter den Blättern eines ausladenden Gummibaums, hin und wieder schweifte mein Blick auf die Birke vor dem Fenster. Eine Blaumeise hüpfte von Ast zu Ast und bewegte das Licht, das sich in den Schatten meiner Sätze verwandelte.

Friedolin saß auf meiner Schulter, putzte sein Gefieder, döste vor sich hin oder zupfte, wenn ich zu lange still war, an meinen Haaren. Schwer war er nicht, das konnte man nicht sagen, hundertzwanzig Gramm brachte er auf die Waage, ich fast sechshundert Mal mehr. Auch im Hochsommer trug ich einen Fleecepullover, damit er sich gut auf meiner Schulter festklammern konnte. Ich hatte mich für ihn in einen Muttervogel verwandelt.

Ich erzählte ihm, wo ich Mara zum ersten Mal begegnet war. Er wollte wissen, was ich schrieb, er hörte zu, durchaus kritisch. Deine Hauptfigur sitzt etwas zu viel im Café, so viel Sitzleder geht zwar im Leben, aber nicht in einem Roman. Da hatte er durchaus recht. Nur, wenn man einmal saß, war es schwer, wieder aufzustehen, gegen die Schwerkraft kamen die Menschen nicht an. Uns wachsen keine Federn wie euch Papageien, erklärte ich ihm.

Ich frühstückte mit einem Papagei. Ich verzichtete nach dem Aufstehen auf meine erste heilige Handlung, auf den Gang ins Café. War ich nicht dabei, den Verstand zu verlieren? Ich war auf dem besten Weg, einer dieser Tiernarren zu werden, über die ich so gerne gespottet hatte.

Ich hab's dir prophezeit, lachte Enrico. Wir telefonierten regelmäßig miteinander, jeder wusste über die Ereignisse im Leben des anderen Bescheid. Bald wirst du Tiere für die besseren Menschen halten, und der Papagei wird deinen Alltag vollkommen regeln.

So weit würde es nicht kommen, so weit war ich noch lange nicht. Nichts hatte ich bisher in meinem Leben eifersüchtiger gehütet als meine Arbeitszeit. Waren die Umstände so, dass ich zwei oder drei Tage nicht schreiben konnte, wurde ich unruhig. An meine Arbeitszeit durfte niemand rühren, auch Friedolin nicht.

Wie die Pflanzen oder Tiere gehörten für Mara die Bücher zu den beseelten Wesen. Sie boykottierte Amazon. Sie weigerte sich, ein Buch an einen Kunden zu verkaufen, der es nicht sorgfältig in die Hand nahm.

Aus der Buchstille hinaus zog es sie in die Natur. Ich kaufte mir Wanderschuhe. Ich hatte nichts gegen die Natur, auf einem Gemälde, gerahmt, liebte ich sie durchaus.

Unsere erste gemeinsame Wanderung führte am Theatro vorbei. Zwangsläufig, muss ich anfügen, wir wohnten nur ein paar Schritte entfernt. Ich sah die Tische und Stühle auf der Terrasse, die Kübelpalmen, die orangen Sonnenschirme, die mächtige Linde, die Gäste, die vor einem Bier oder Kaffee saßen. Ich verspürte den folgerichtigen Wunsch, ein Teil dieser Idylle zu werden.

Zwei Minuten hatte die erste Ertappe unserer Wanderung gedauert, und schon saßen wir. Ich hätte es mir denken können, sagte Mara. Sie bestellte ein Bier, sie sah, fand ich, mit jedem Schluck glücklicher aus, während ich die beunruhigende Erfahrung machte, dass ich mir mit Wanderschuhen in einem Café vollkommen deplaziert vorkam.

Mara suchte in der Natur, was ich im Café fand. Im Café existierte die Kalenderzeit mit ihren Terminen und Pflichten nicht. Im Café stand die Zeit nicht still, aber ich war es, der sie bewegte. Sie passte sich mir an, sie verwandelte sich in etwas, das mir gehörte.

Die unterschiedliche Fließgeschwindigkeit der Zeit war mir zum ersten Mal als Schüler bewusst geworden. Während der Schulstunden verstrich die Zeit quälend langsam. Warum verflog sie so rasch, wenn ich den Unterricht schwänzte? Es war nicht so, dass ich nichts tat, wenn ich statt im Klassenzimmer in einem der beiden Stadtcafés saß. Ich las oder beobachtete die Damen der Provinz. Hätte ich eine von ihnen heiraten wollen? Ihr Leben schien mir verführerisch. Im Café sitzen, keine Schulbank drücken, die Zeit vergessen, ich konnte mir nichts Erstrebenswerteres vorstellen.

Wenn man die Zeit vergaß, wuchsen ihr Flügel, sie wurde federleicht. Folglich war die Wahrnehmung der Zeit an mein Gedächtnis gebunden, an das Vergessen und Erinnern. Diese Beobachtung irritierte mich. In der Physik war Zeit eine abstrakte, messbare Größe, die durch eine Formel ausgedrückt werden konnte. Offenbar hatten die erlebte und die messbare Zeit nichts miteinander zu tun. Doch welche war nun die wirkliche?

Ich schnürte meine Wanderschuhe neu, Mara sah mich so erwartungsvoll an, als hätte ich ihr einen Urlaub im Süden versprochen. Der Weg führe zu einem Restau-

rant, das sie liebe, sie wolle mich zum Abendessen ein-
laden.

Vier Stunden waren wir unterwegs, mein erster grö-
ßerer Ausflug mit Mara zu Fuß, ein ökologisches Unter-
nehmen, ganz ohne Spritverbrauch. Vier lange Stunden,
davon hatten wir, wie Mara sich ausdrückte, eine halbe
Stunde auf der Terrasse des Theatro vertrödelt.

Mopsitta. So nannte ich Friedolin manchmal. So wurde der erste papageienartige Vogel genannt, dessen Fossilien man in Dänemark fand. Mopsitta tanta war ungefähr krähengroß und lebte vor nahezu fünfzig Millionen Jahren.

In der neuen Wohnung war Friedolin nicht mehr so oft allein, es gab für ihn immer mehr Dinge zu erzählen. Seine Ausdruckspalette wurde reicher. Hatte er einen neuen Pfeifton entdeckt, wiederholte er ihn, ging von einer Tischecke in die nächste, variierte den Ton und horchte. Es sah aus, als hätte er einen unsichtbaren Ball in die Luft geworfen und wartete nun gespannt, an welcher Stelle er wieder auf dem Boden aufprallte.

Am Morgen beharrte er auf seinem Toast. Einem »Körner-Harmonie-Toast« von Edeka, einen anderen akzeptierte er nicht. Ich verstand ihn nur zu gut. Der Toast war für ihn, was für mich der Kaffee war, ohne Toast fing der Tag schlecht an, und ein Tag, der schlecht anfing, endete selten gut, das wussten wir beide. Wir hatten viele Gemeinsamkeiten, das war nicht zu übersehen. Während er die Mohnsamen mit dem Schnabel aus der gerösteten Brotscheibe herauspulte, kochte ich ihm sein Frühstücksei, ein Fünfzehn-Minuten-Ei. Davon schnitt ich ihm ein kleines Stück ab, das mir im

Verhältnis zu seiner Körpergröße vertretbar schien, den Rest aß ich selber, um ihm am nächsten Tag ein frisches, delikates Ei von sogenannt glücklichen Hühnern zu kochen, Hühnern mit freiem Auslauf, Artgenossen, die es vielleicht besser hatten als er, Naturhühnern, Federvieh aus biologischer Zucht.

Mara leuchtete dieser Aufwand nicht ein, es kam zwischen uns zum Eier-Streit. Spätestens nach acht oder neun Minuten war ihrer Meinung nach ein Ei hartgekocht. Friedolin probierte Maras Acht-Minuten-Ei, verschmähte eine zweite Kostprobe und blickte zum Eierkocher in der Überzeugung, dass dort noch ein Fünfzehn-Minuten-Ei auf ihn warten musste.

Im Sommer war er schon wach, wenn Mara aufstand, im Sommer bereitete sie ihm das Frühstück zu. Sie wollte rechtzeitig im Laden sein, ein oder zwei Stunden vor der offiziellen Öffnungszeit, ein Fünfzehn-Minuten-Ei kam ihr alles andere als gelegen. Sie verstand nicht, dass ich sieben Minuten meiner kostbaren Lebenszeit verschwenden konnte, nur weil ich die Eier nicht so kochte, wie jedermann sie kocht. Sieben Minuten pro Tag, in zehn Jahren kamen so satte zwei Wochen zusammen, zwei Wochen, die ich angeblich verlor. Zwei Wochen der Meditation, der inneren Einkehr, der Verbindung mit höheren Mächten.

Ich machte Fortschritte. Ich änderte mein Leben in einer Weise, die ich mir nie zugetraut hätte. Ich lernte radfahren, ich unternahm mit Mara Ausflüge, ohne dass ich mich vorher ins Café setzen musste. Je mehr ich mich von den Menschen zurückzog, desto aufwendiger kochte ich. Mara überließ mir ihre Küche, Bücher interessierten sie mehr als Pfannen und Töpfe.

Nach der Trennung von meiner ersten Frau hatte ich mir ein Kochbuch gekauft, lauter Rezepte indischer, kreolischer, asiatischer Currys. Fast alle zweihundert Gerichte nahm ich mir vor, der Reihe nach, rezeptgenau, keine Abweichung duldend, wie es Anfänger an sich haben. Die Menüs waren meist für vier Personen gedacht, also vervierfachte ich mich, um mit den Mengenangaben nicht durcheinander zu kommen. Anfangs lud ich Freunde ein, später zog ich es vor, allein zu essen, um zwischen den Bissen meine Lektüre fortzusetzen oder zufällige Gedanken zu notieren. Seit meinem selbstverordneten kulinarischen Lehrgang war ich ein leidenschaftlicher Koch, mit einem Hang zum Aufwendigen, wie Mara bemerkte. Nach einem langen Arbeitstag stand ihr der Sinn nicht nach einem mehrgängigen Menü, sie hätte lieber gehabt, ich hätte einfacher gekocht, und das Essen wäre dafür rechtzeitig auf den Tisch gekommen.

Die Küchenzeile glich einem riesigen U, und in diesem erdigen, hirschbraunen und tiefklingenden Buchstaben puhlte, scheibelte, hackte, briet und röstete ich. Auch Friedolin liebte dieses U, ein so großzügiges Gelände hatte er noch nie zur Verfügung gehabt. Sein Holznapf, in den er schiss, auf dem er tagsüber auch gerne saß, stand vor dem Kippfenster auf der Längsseite des Buchstabens, nicht weit vom Spülbecken und dem Gasherd entfernt.

Solange ich am Kochen bin, hat Friedolin hier nichts zu suchen!

Beim Kochen wollte ich ungestört sein, ich war nicht nur Koch, ich war Kunstkoch. Doch Friedolin leuchtete nicht ein, warum ihm die Hälfte der Küchenzeile auf einmal verboten sein sollte, nur weil ich am Kochen war. Kaum hantierte ich mit Pfannen und Töpfen, stieg er vom Napf, lief über das Schneidebrett mit dem feingehackten Koriander und eilte auf mich zu. Beim Kochen wollte er mir über die Schulter schauen.

Vergeblich baute ich Hindernisse zwischen seinem und meinem Bereich auf. Nach einem gescheiterten Versuch, die Barriere zu überwinden, krähte er ausgiebig, stellte sich an den Rand der Küchenzeile, flatterte mit den Flügeln, hob ab und landete in unkontrolliertem Sinkflug auf dem Boden. Krächzend kam er auf mich zu, packte mit dem Schnabel meinen Hosensaum und begann an meinem Bein hochzuklettern, während ich den selbstgemachten Nudelteig ausrollte. Nichts anderes blieb mir übrig, als ihm auf die Schulter zu helfen.

Die Schweizer, erklärte ich ihm, rollen den Teig nicht aus, sie ›wallen‹ ihn aus, und der Nudelwalker, die Backrolle oder Teigwalze ist schlicht ein ›Wallholz‹. In diesem Wallen liegt eine gewisse Feierlichkeit, die Schweiz ist ja auch ein mythisches Land, die Schweizer sind stolz auf ihr Paradies, das sie allein schon darum verdient haben, weil sie Schweizer sind. Kein Wunder, dass die Töchter und Söhne dieses rechtschaffenen Schrebergartens einem Fremden wie selbstgerechte Heilige vorkommen, erklärte ich Friedolin, der allerdings die Spaghetti aus dem Supermarkt meinen selbst zubereiteten Linguine vorzog.

Es war ein heller Tag, es war ein Tag im Juni. Es war der Tag, an dem ich Mara ein Kleid kaufen wollte.

Ich verließ das Haus in meiner eigenen Haut, was in den vergangenen Jahren immer weniger der Fall gewesen war, meine Sätze, meine Wörter fühlten sich wohl, als hätten sie Geburtstag, meine Zehen ahnten den Süden, den Süden zwischen den Zeilen. Ein Tisch und zwei Stühle standen in der Sonne, wie von selbst schwebten sie auf mich zu.

Die Terrasse des Theatro war an diesem Frühsommertag belebt, selbst die Linde sah aus, als beginne für sie ein neues Leben. Im Sommer fanden die Zeit und die Orte leichter zueinander.

Unterschied Friedolin zwischen Zeit und Ort, nahm er, was wir in Begriffe trennen, als Einheit wahr? Vielleicht besaß er im Unterschied zu uns ein Organ, das ihn ganz selbstverständlich in der Zeit heimisch werden ließ. Seit ich mich mit ihm angefreundet hatte, war die Zeit für mich eine andere geworden. Sie floss ruhiger durch mich hindurch.

Engel schwebten durch meinen Kopf, Heerscharen von Engeln, luftig und leicht, ich ließ sie schweben und legte den Bleistift weg. Es war, wie gesagt, ein heller Tag, ich blies die Brösel vom Tisch, redete mit den Spatzen, die sich um mich scharten, steckte mein Heft ein und stromerte durch die Stadt.

Vor einem Schaufenster blieb ich stehen, ein Paar Schuhe hatten meinen Blick auf sich gezogen. Ich sah Mara vor mir, wie sie in diesen Schuhen aus dem Schaufenster auf den Gehsteig hinaustrat und mich umarmte. Sie war die einzige Frau auf der Welt, die zu diesen Schuhen passte. Schmalfüßige Schuhe, die in einem eleganten Restaurant wie scheue, zarte Tiere unter der weißen Tischdecke hervorschauten und die Aufmerksamkeit der Gäste erregten.

Ist es die richtige Größe, fragte mich die Verkäuferin skeptisch. Ich teilte ihre Skepsis nicht, ich kannte Mara, ich kannte Maras Füße, ich war ein Mann, der die Füße seiner Freundin kennt, darin unterschied ich mich von anderen Männern. Andernfalls konnte ich immer noch mit einem Hammer, einer Schere oder einem anderen Instrument nachhelfen und den Schuh zurechtformen, nichts war fest im Leben.

»Le monde est flottant«, die Welt ist im Fluss, wie ein großer japanischer Dichter sagte, Natsume Soseki. Weder die Menschen, die Dinge noch die Wörter hatten feste Grenzen. Ich hätte der Frau gerne von Bashô erzählt, der sich selber mit einer Wolke verglich, von Santôka Taneda oder Hôsai Ozaki, Wolkendichter auch sie, aber gewiss hätte sie an meinem Verstand gezweifelt.

Die Schuhe waren leicht wie zwei Sittiche, zuversichtlich verließ ich den Laden. Nun fehlte noch das zu den Schuhen passende Kleid. Wie gesagt, es war ein heller Tag, es war ein Tag, an dem mir Flügel wuchsen. In einer Boutique, nur zwei Straßen entfernt, entdeckte ich dieses Kleid. Der Stoff war aus leichtem Blaugrün oder Grünblau, einem schillernden Blau, einem schillernden Grün, je nach Lichteinfall. Ein Kleid für den Auftritt, ein wahrer Sommernachtstraum.

Missfiel der Ladenbesitzerin meine gute Laune, oder war sie eifersüchtig, dass ich Mara das Kleid schenken wollte? Ich verkaufe Ihnen das Kleid nicht, ohne dass Ihre Partnerin es anprobiert hat. Das ist kein Kleid von der Stange!

Meine Freundin ist auch nicht von der Stange, entgegnete ich.

Vielleicht war ich zu ungeduldig, vielleicht verstand mich diese Herrin der Mode so, dass sie mich für eine Frau von der Stange hielt. Es war nichts zu machen, der Sommernachtstraum stand mir ihrer Meinung nach nicht zu.

Wenn Sie das Kleid für mich beiseite legen, ich schaue morgen mit meiner Freundin vorbei!

Mara blickte nicht von ihrer Arbeit auf, so leise betrat ich den Laden. Man hätte meinen können, dass Bücher zur Stille einluden, doch dem war nicht so. Es gab besonders zeitgemäße Kunden, die im Laden laut telefonierten. Manche wiederum fühlten sich zwischen den Regalen zu einsam, sie vermissten die Beschallung. Besonders kritisch Veranlagte feilschten um den Preis, auch wenn ein Taschenbuch lediglich einen Euro kostete, denn diese sauberen, ganz durchsichtigen Protestantenseelen misstrauten der Welt, sie lebten in der ständigen Furcht, übers Ohr gehauen zu werden.

Der Verkauf von Büchern trug für Mara und ihren Geschäftspartner nicht genug ein, die Fixkosten für den Laden, die beiden Lagerräume und das Büro waren zu hoch. Maras Arbeitstage waren lang, oft arbeitete sie zusätzlich am Wochenende, um die anstehende Bürokratie zu erledigen. Es würde nicht mehr lange dauern, und sie würde aufgeben und mit mir in den Süden ziehen. Passten die beiden Sittiche in meiner Tüte nicht auf eine Terrasse mit Meerblick?

Mara wickelte die Schuhe aus dem Seidenpapier, so sorgfältig, wie sie mit Büchern umging. Für mich, sagte sie. Die passen ja gar nicht nach Bremen!

Eben darum, sagte ich.

Am nächsten Tag, als ich mit Mara in der Boutique vorbeischaute, war das Kleid weg. Die Verkäuferin verzog keine Miene, als ich mit Mara den Laden betrat, sie schien sich auch gar nicht mehr erinnern zu wollen, dass ich sie am Vortag gebeten hatte, das Kleid zurückzulegen.

Was für eine Tusse, schimpfte Mara, kaum waren wir wieder draußen. Der waren wir wohl zu wenig gut.

Friedolin wurde unruhig und horchte auf die Straßengeräusche. Auch ich horchte, wir warteten beide auf Maras Heimkehr von der Arbeit. Friedolin saß, wo er gerne saß, auf meiner Schulter.

Sofort erriet er, wer zwei Stockwerke tiefer die Haustür öffnete, ob Mara, die Vermieterin oder eine andere Person. Er täuschte sich nie.

Es war Mara.

Aufgeregt flatterte er mit den Flügeln und rief so laut nach Mara, dass man ihn durch das geschlossene Fenster draußen hören konnte. Mara ist müde von der Arbeit, wir dürfen sie nicht gleich überfallen, warnte ich ihn. Davon wollte er allerdings nichts wissen, schließlich kam Mara wegen ihm nach Hause, nicht wegen mir.

Er ließ ihr kaum Zeit, die Schuhe abzustreifen, rieb seinen Kopf an ihrem Hals, ihrer Wange, plapperte drauflos, fröhlich und laut. Mara verstand es besser als ich, den Hals zu verrenken und ihm mit der Nase die Kopffedern zu streicheln. Ich zog mich diskret zurück, er vertrug es nicht, dass ich danebenstand und mich einmischte.

War ich jedoch schon am Kochen, wenn Mara abends nach Hause kam, schenkte er ihr kaum Beachtung, die Töpfe interessierten ihn weit mehr. Die Zwiebel, die

Kartoffel, der Ingwer oder die Zimtstange, alles, was in die Pfanne kam, musste er vorher probieren. Vorsichtig bewegte ich mich am Herd, damit er auf meiner Schulter nicht aus dem Gleichgewicht kam, hielt Abstand von den Pfannen und passte ja auf, dass er mit dem vom brodelnden Topf aufsteigenden Wasserdampf nicht in Berührung kam. Es war nicht immer einfach, mein Zeitlupen-Ballett dem Tempo anzupassen, das die Arbeit am Herd mir abverlangte. Ich vereinfachte die Gerichte, ich trennte die Kunst vom Koch. Mit meiner neuen, handfesteren Küche war Mara glücklich.

In fünf Minuten bin ich soweit, sagte ich, Mara deckte den Tisch. Das Geschirrklappern war für Friedolin das Zeichen, dass es bald etwas gab. Mit dem Stiel des Mopps baute Mara eine Brücke von der Küchenzeile zum Esstisch. Wie es gekommen war, dass auch ich nachgegeben hatte und Friedolin nun jeden Abend mit uns am Tisch aß, hätte ich im Nachhinein nicht mehr sagen können.

Auf dem langen, von seinem Schnabel heftig traktierten Holzstiel bewegte er sich seitlich voran, spreizte das eine Bein nach außen, zog das andere so rasch nach, wie er konnte, der kleine Körper wippte hin und her und balancierte den großen Kopf über den Holzsteg. Auf dem Tisch bahnte er sich einen Weg zwischen der Pfeffermühle und dem Salzstreuer hindurch, kollidierte mit einem Wasserglas, umkurvte die Weinflasche, stieß sie mit dem Schnabel kurz an, als wollte er sie dafür bestrafen, dass sie am falschen Ort stand, und setzte sich neben einen Teller. Dauerte es zu lange, bis serviert wurde, meldete er sich ungeduldig.

Weder Mara noch ich neigten zu erzieherischer Konsequenz. Wir hätten eingreifen müssen, doch wir schauten gespannt zu, wie Friedolin ein beachtliches Stück eines Spiegeleis vom Teller zerrte. Mit hochgerecktem Kopf manövrierte er die Trophäe zwischen allen Hindernissen hindurch und bestieg den Holzstiel, was ihm mit dem Spiegelei im Schnabel nicht auf Anhieb gelang. Er war ein langsamer Esser, genüsslich verzehrte er das Eigelb, schaute mit dem gesunden Auge immer wieder zu uns herüber, damit ihm auch ja nichts entging.

Wir luden immer weniger Freunde ein. Konnten wir es den Gästen zumuten, dass ein Papagei den Verlauf des Abends bestimmte? Zwar durfte Friedolin bei Besuch nicht mit uns am Tisch essen, doch er redete unüberhörbar mit.

Hätten wir uns von außen gesehen, hätten wir über uns den Kopf geschüttelt. Wären wir zu Bekannten eingeladen gewesen, die ihren Papagei wie ein vollwertiges Familienmitglied behandelten, wir hätten sie für vollends verrückt gehalten und eine weitere Einladung abgelehnt. Wir wussten es, wir lachten über uns.

Friedolin lief nicht zu mir über, wie Mara anfangs befürchtet hatte. Rasch hatte er begriffen, dass er uns beide brauchte. Vielmehr: dass wir beide ihn brauchten. Er war ein gewiefter Politiker, der es sich mit keiner Partei verderben wollte, paritätisch teilte er seine Liebe zwischen uns auf.

Nicht von mir, sondern von Mara wollte er abends in den Käfig gebracht werden. Nur sie durfte ihm, bevor er sich auf die Schlafstange setzte, ein Apfelstück oder eine Traube reichen. War das Betthupferl verzehrt, kletterte er auf den Tisch hinunter, senkte den Kopf und holte sich seine Streicheleinheiten. Mara fuhr ihm mit der Nasenspitze sanft über die Kopffedern, bis er sich wieder aufrichtete, den Schnabel an ihrem Hals, ihren Wangen rieb, zärtlich an ihrer Haut schabte, sich noch höher emporreckte, an Maras Brauen, Maras Wimpern zupfte, und von neuem den Kopf senkte, erwartungsvoll. Nun ist aber gut, kleine Ratte, sagte Mara, doch genug bekam er nie.

Mit der Schmuserei war das Abendprogramm noch nicht zu Ende. Dass auch nur einer der Programmpunkte ausfiel, ließ er nicht zu. Es folgte die Gutenachtgeschichte. Hör Mal, mein Süßer, du bist ja müde, du kannst ja kaum mehr auf den Beinen stehen, morgen ist auch noch ein Tag.

Diesen Anfang fand er dürftig, er verlangte nach einer Fortsetzung, die spannender war. Erst wenn die Gutenachtgeschichte seiner Meinung nach zu Ende war, rief er nach mir. Nun durfte auch ich ihm noch eine Geschichte erzählen, allerdings eine wesentlich kürzere, mit mir hatte er ja tagsüber genug geredet.

Er passte auf, dass keiner von uns zu kurz kam. Sprach dieser Gerechtigkeitssinn nicht dafür, dass er seine Emotionen regulieren konnte? Er taktierte, folglich nahm er die Umgebung in größeren Zusammenhängen wahr. Zumindest, wenn man menschliche Begriffe auf seine Papageienwelt anwendete.

Ein merkwürdiger Effekt stellte sich ein, je vertrauter ich mit Friedolin wurde, je mehr ich über ihn nachdachte. Bewusstsein, Seele, Intelligenz … Diese vertrauten Begriffe, mit denen wir so selbstverständlich menschliche Qualitäten zu bezeichnen glauben, begannen für mich ihre Konturen zu verlieren. Besaß denn der Mensch ein Bewusstsein? Was unterschied ihn von einem Papagei? Besaß der homo sapiens ein reicheres Innenleben, besaß er Moral und Verantwortungsgefühl? Alle diese Begriffe taugten nicht, den Menschen vom Tier zu unterscheiden.

Friedolin verstand. Mit dem gesunden, leuchtenden Auge beobachtete er mich. So wach, so aufgeweckt wirkte dieser Papageienblick, so intensiv und reglos blieb er an mir haften, dass ich mich von ihm vollkommen durchschaut fühlte.

Ein anständiger Vogel wachte mit der Sonne auf und wurde mit der Abenddämmerung müde. Friedolin war ein anständiger Vogel. Ein äußerst anständiger Vogel. Die nordischen Sommertage waren lang. Häschen, es ist schon spät, geh endlich ins Bett!

Man könnte einen Hund ebenso Kätzchen oder eine Giraffe meinen kleinen Floh nennen. Das Häschen wollte nicht ins Bett, da konnte ihm Mara zureden, so viel sie wollte.

Am besten nehmen wir den Kleinen mit, sagte ich.

Soweit kommt's noch!

Friedolins langgezogene, gegen das Ende abfallende Klagerufe folgten uns ins Treppenhaus, wir beeilten uns, ihnen zu entkommen. Mit einem schlechten Gewissen, als wären wir Rabeneltern, entfernten wir uns vom Haus. Wir haben nicht einmal mehr Zeit für ein Glas Wein, sagte Mara. Das geht so nicht weiter, wir können uns von diesem Vogel nicht terrorisieren lassen.

Noch eine knappe Viertelstunde blieb uns bis zum Filmbeginn. Ich fühle mich von ihm nicht terrorisiert, sagte ich. Friedolin ist kein Terrorist.

Wollte ich überhaupt ins Kino? Bei Friedolin zu bleiben, wäre mir ebenso willkommen gewesen. Ein Film drängte mir sein Tempo auf und ließ mir keine Zeit zum

Abschweifen. Bildern gegenüber war ich wehrlos, am Ende eines Films hatte ich oft Tränen in den Augen.

Ich hätte mehr Zeit als sie, mich um den Vogel zu kümmern, ich lasse ihm alles durchgehen und mache mich so zu seinem Gefangenen, warf Mara mir vor. Warum stritten wir auf einmal?

Wie immer, wenn Mara aufgebracht war, begann sie schneller zu gehen, ich konnte ihr kaum folgen. Lass uns gemütlich was trinken! Das kannst du ruhig tun, ich geh allein ins Kino! Im letzten Moment überquerte Mara die Straße, sie war noch nicht auf der anderen Seite, als die Wagen vor der Ampel bereits anfuhren.

Ich kehrte nach Hause zurück. Es ist ein langsamer Film, er wird dir gefallen. Mehr wusste ich nicht über den Film. Für Schauspielerinnen hatte ich nie geschwärmt, ihre Namen konnte ich mir nicht merken.

Der Wind hatte sich gelegt, der Regen nachgelassen, als ich an der Boutique vorbeikam, in der ich zwei Tage zuvor das Kleid für Mara entdeckt hatte. Das Schaufenster war beleuchtet, ich warf einen flüchtigen Blick hinein und blieb unvermittelt stehen. Das Kleid, das ich Mara hatte schenken wollen, mein Kleid, ihr Kleid, oszillierte in einem Lichtkegel, elegant, flammend, wie ich es in Erinnerung hatte.

Ein Winter verging, ein Sommer kam, ich gab meine Wohnung auf und zog zu Mara. Der Sohn der Hausbesitzerin war ausgezogen, sein Zimmer frei geworden. Mara wohnte unter dem Dach, ich im Erdgeschoss, die Vermieterin zwischen uns. Sie war schwerhörig, Friedolin störte sie nicht.

Ich konnte mich in mein Zimmer im Erdgeschoss zurückziehen, wenn es oben zu laut wurde. Doch Mara hebelte alle Gesetze der Schwerkraft aus. Kaum war sie zu Hause, zog mich ein Kobold an einem unsichtbaren Flaschenzug zu ihr hoch, nichts half es mir, mich auf meinem Stuhl schwer zu machen. Mara wunderte sich, dass ich schon wieder oben war, eben hätte ich doch unten noch arbeiten wollen.

Ich saß immer seltener auf der Terrasse des Theatro, ich schrieb immer weniger.

Nein, ich hatte keine Zeit für ein Gespräch. Ich arbeitete. Ich wollte nicht, dass sich jemand zu mir setzte und mir die Zeit stahl. Ich teilte meine Zeit auf. In die Zeit für Friedolin, in die Zeit für Mara und mich.

Gegen meinen Willen hatte ich eine rätselhafte Verwandlung durchlaufen. Ich war zum Gesprächspartner eines Papageis geworden. Ich hatte der Versuchung widerstanden, Kinder in diese Hölle zu setzen, nun war ich Adoptivvater eines poicephalus senegalus.

Manchmal flackerte in mir der Verdacht auf, dass unser stummes Ringen um die Liebe des Papageis der Kitt zwischen Mara und mir war. Doch rasch schob ich solche Bedenken wieder von mir.

Meine Stimme war nicht laut. Ich war angeblich ein diskreter Mensch. Friedolin hatte von der ersten Sekunde an gewusst, dass er sich sein Nest in meiner Seele bauen konnte. Ich war der ideale Brutplatz für Papageien. Längst hatte der Schlaumeier sein unsichtbares Ei gelegt, er war ein geduldiger Brüter. Im Grunde waren wir uns ähnlich. Ich brütete lange über meinen Texten, wir brüteten beide geduldig unsere Eier aus.

Maras Standlautsprecher reichten mir bis zur Schulter und wogen zusammen siebzig Kilo. Die erste CD, die ich mir auf Maras Anlage anhörte, waren die Symphonischen Etüden von Schumann. Friedolin saß in seinem Zimmer vor dem Käfig und sonnenbadete. Seine Zimmertür ließen wir immer offen. Ich stellte die Musik nicht laut, um ihn nicht zu stören. Das Thema, das den Zyklus eröffnete, war noch nicht verklungen, als mich ein lauter Protestruf zusammenfahren ließ. Ich stellte leiser, doch das änderte nichts. Schumann, einer meiner Lieblingskomponisten, gefiel ihm nicht.

Ich vertauschte die Sinfonischen Etüden mit den Nocturnes von Chopin. Gegen das melancholisch verträumte Es-Dur Nocturne, gespielt von Adam Harasiewicz, hatte er nichts einzuwenden. Kaum jedoch setzte beim nächsten Nachtstück der aufgewühlte Mittelteil ein, wehrte er sich mit einem unmissverständlichen Hilferuf.

Barockmusik mag er, sagte Mara. Oder die Chansons von Barbara, die liebt er besonders.

Ich konnte Barbara so oft laufen lassen, wie ich wollte, Friedolin hörte zu. Er mochte, wie ich später feststellte, auch Sarah Vaughan oder Dina Washington, doch Billie Holiday oder Ella Fitzgerald ertrug er nicht.

Was ging in diesem kleinen Vogelkopf vor? Wenn er gewisse Musikstücke liebte und andere heftig ablehnte, besaß er ein reicheres Innenleben als die meisten meiner Zeitgenossen. Lag in seinem Musikempfinden das Geheimnis, dass er bestimmte Menschen mochte und andere nicht? Er liebte oder er liebte nicht, die Indifferenz kannte er nicht. Wenn Mara und ich abends die Love Songs von Purcell oder die Duetti Amorosi von Händel hörten, saß er zwischen uns auf der Sofalehne und hörte aufmerksam zu.

Der Mensch kletterte mit den Füßen voran eine Fels-
wand hinunter, auch beim Abstieg in die Tiefe brauchte
er den Himmel über dem Kopf. Ganz anders eine
Gemse oder ein Papagei. Kopfüber hängte sich Friedolin außen an das Käfiggitter, fasste mit dem Schnabel
eine Strebe, zog seine Kletterfüße nach, fasste mit dem
Schnabel eine neue Strebe, so geschickt, als griffe er mit
einer Hand nach den dünnen Gitterstangen. Mit dem
Schnabel erreichte er schließlich das Ziel, berührte die
Tischplatte, löste die Füße vom Gitter und ließ seinen
Körper in die Horizontale plumpsen. Kaum stand er,
hob er den Kopf und stieß einen leisen, etwas verwun-
derten Pfeifton aus, als wäre er selber über sein Kunststück erstaunt.

Gut gemacht, Friedolin, lobte ich ihn, genau wie Mara
es tat. Ein Lob, das er jedes Mal mit freudiger, krächzen-
der Zustimmung quittierte.

Das Haus war still, so still wie die Birke davor, wir
hatten Zeit, hatten alle Zeit dieser Welt. Über die Fern-
bedienung setzte ich den CD-Player in Betrieb, wir hörten zusammen Musik, Arien von Händel, gesungen von
Magdalena Koženà.

Meine frühe Liebe zur klassischen Musik hatte mich
von meiner Generation entfernt. Meine Schulkameraden

hörten Pink Floyd oder Jimi Hendrix, ich suchte nach Platten mit der späten Klaviermusik von Franz Liszt oder Robert Schumann. Ich bewunderte Stefan Askenase, den großen polnischen Pianisten. Keines seiner Konzerte in der Tonhalle Zürich verpasste ich. Einer meiner Onkel mütterlicherseits, der das Konzertdiplom besaß, aber nie als Pianist in der Öffentlichkeit auftrat, begleitete mich, er war mit Stefan Askenase befreundet.

Dieser Onkel, mein Lieblingsonkel, publizierte in seinem Musikverlag eine vielbeachtete Reihe: *Wie Meister üben*. Jeder Band dokumentierte einen Meisterkurs eines bekannten Interpreten, enthielt die Noten und den Dialog zwischen Lehrer und Schüler, auf einer beigefügten Schallplatte war der Unterricht noch zusätzlich festgehalten. Für seinen Meisterkurs hatte Stefan Askenase die Berceuse von Chopin gewählt. Mitten im Spiel erklang eine Wanduhr. Der Unterricht war in Askenases Wohnung aufgenommen worden, und auch heute noch, wenn irgendwo die Berceuse von Chopin erklingt, höre ich die Schläge dieser Uhr, erwacht in mir jene ferne Zeit, die wohl nie aufgehört hat, in mir zu schlummern.

Nach dem Konzert saß ich mit meinem Onkel im vertrauten Kreis des Pianisten. Ich war ein Landei, ein unerfahrener Junge, doch ich spürte die Güte und Großzügigkeit, die von Stefan Askenase ausstrahlte, die Güte und Großzügigkeit einer anderen, im Verschwinden begriffenen Welt. Lange ruhte sein Blick auf mir, dem elf-

oder zwölfjährigen Jungen, der ihm nicht vorzuspielen wagte.

Das Podium machte mir Angst. Ich spielte am liebsten allein. Wenn mir jemand zuhörte, fühlte ich mich befangen. Rückblickend schien es mir nur folgerichtig, dass ich das Café zu meinem eigentlichen Existenzort gewählt hatte. Im Café musste ich meine Gefühle nicht öffentlich zur Schau stellen, im Café blieb meine Intimität bewahrt.

Als die CD aufkam und die Schallplatte verdrängte, fand ich in Antiquariaten und auf Märkten plötzlich all die Interpreten, deren Platten nicht mehr zu finden gewesen waren. Pianisten und Pianistinnen, die ich liebte: Alfred Cortot, Mira Hess, Annie Fischer, Yves Nat, Samson François oder Wilhelm Kempff. Sie spielten anders, persönlicher, oft musikantischer als ihre jüngeren Kollegen, spielten noch auf älteren, weniger wuchtig, weniger metallen klingenden Flügeln.

Ich war bald sechzig. Ich sah aus, wie man mit bald sechzig aussieht. Das schien mir kein Grund zur Beunruhigung. Das Leben lag noch vor mir.

Die hanseatische Sprache war nüchtern und analytisch, sie faszinierte mich und brachte mich gleichzeitig um den Verstand. Man redete, um Dinge zu klären. Bis die Welt durchsichtig wurde. Die Klarheit machte das Glück aus, die Nacht existierte nicht, die Nacht in den Worten, im Leben.

In lateinischen Ländern redete man, um den andern nicht zuhören zu müssen. Hier hörte man zu. Man hörte auf die Worte, nicht auf ihren Klang. Das war mir fremd. Ich orientierte mich am Klang. Die Worte täuschten, aber nicht ihre Musik.

Ich war in eine Gegend geraten, in der man mich nicht verstand. Offenbar vernebelte ich die Dinge, wenn ich redete. Den Nebel fürchtete man, davon hatte man ohnehin schon genug. Man verpackte die Worte nicht, solchen Geschenken misstraute man.

Mein alter Hang zum Eremitentum holte mich wieder ein. Mara und Friedolin genügten mir. Als müßte ich für meinen Rückzug bestraft werden, häuften sich die unangenehmen Vorfälle.

In Hamburg war ich auf der Suche nach alten Vinyl-schallplatten gewesen, ich wartete auf den Zug nach Bremen. Mit Duke Ellington, Mira Hess und Annie Fischer glaubte ich mich in guter Gesellschaft.

Der Zug wurde in Hamburg eingesetzt, nicht viele Reisende waren an diesem Nachmittag unterwegs. Als müsste ich für meine guten Einkäufe belohnt werden, öffnete sich die Tür eines Wagens genau vor mir. Ich griff nach der Papiertüte mit den Schallplatten, im selben Augenblick sah ich das ältere Paar in meiner Nähe. Ich blieb vor der Wagentür stehen, um ihnen mit den Koffern zu helfen.

Dazu kam es vorerst nicht. Ich wurde zur Seite gedrückt, gleichzeitig spürte ich ein Stechen in meinem linken Fuß, als wäre jemand heftig darauf getreten. Was auch, zu meiner Verwunderung, tatsächlich der Fall war. Eine Frau hatte sich mit ihrer Umhängetasche an mir vorbeigezwängt, wie aus dem Nichts war sie aufgetaucht. Bevor ich überhaupt richtig begriffen hatte, was geschehen war, drängten drei Männer an mir vorbei und verschwanden im Abteil. Sie waren nicht hinter der Frau her, auch nicht hinter einem Dieb oder Verbrecher, wie ich nachträglich feststellen konnte, sie suchten lediglich einen Sitzplatz.

Die Überraschung und die Wut lähmten mich. Du musst was tun, du musst was sagen, so geht das nicht! Der Wagen war nur spärlich besetzt, als ich ihn endlich betrat. Die Frau, die mich zur Seite gestoßen hatte, eine Frau in meinem Alter, saß an einem Zweiertisch, vor sich die Tasche, eine Thermosflasche und ein Smartphone. Sie saß so ruhig und selbstverständlich da, als wäre nichts vorgefallen. Ich ging auf sie zu, mechanisch, ohne mir etwas zu überlegen, ich setzte mich an ihren Tisch, ihr gegenüber, mein Kopf war leer.

Sie blickte mich empört an, raffte ihre Tasche, die Thermosflasche und das Smartphone und suchte sich einen anderen Platz. Meine Frage, ob sie öffentliche Verkehrsmittel immer so rabiat besteige, ignorierte sie. Der Fall war für sie klar, es handelte sich um eine plumpe Anmache meinerseits.

Das Übel unserer Zeit besteht darin, dass alle nur noch auf ihren kleinen Bildschirm starren, aber niemand mehr Joseph Roth liest, erklärte ich Friedolin am selben Abend. Joseph Roth liebte Paris, die Pariser liebten ihn, sie liebten seinen Charme, seine Höflichkeit, und er liebte ihren Charme, ihre Höflichkeit. Wir werden beide nach Paris ziehen, erklärte ich Friedolin, wir werden uns im Hotel Tournon einmieten, wo Joseph Roth seine letzten beiden Lebensjahre verbracht hatte.

Ich verschwieg ihm, dass das Tournon kein Hotel mehr war, sondern nur noch ein Restaurant. Im Café Tournon, fuhr ich fort, verbrachte Joseph Roth seine Nachmittage und Nächte, schrieb und trank, von Freunden umgeben, ohne sich von ihnen bei der Arbeit stören zu lassen. Eines Tages brach er am Tisch zusammen, man lieferte ihn in ein Spital für Mittellose ein. *Zuerst die Damen*, wehrte sich Joseph Roth, als man ihm in die Ambulanz helfen wollte. Es waren seine letzten verständlichen Worte. Madame Alazard, die Besitzerin des Café Tournon, und Friderike Zweig stiegen als erste in die Ambulanz, wie es die Höflichkeit gebot, denn Joseph Roth, erklärte ich Friedolin, war noch ein Mensch der alten Welt.

Die Nonnen, die das Spital führten, verweigerten dem großen Erzähler und Trinker den Alkohol. Eine katastrophale, keineswegs von göttlicher Einsicht inspirierte Maßnahme, der unfreiwillige Entzug führte zu einem Delirium Tremens, drei Tage nach seiner Einlieferung verstarb Joseph Roth an Alkoholmangel. Wie gesagt, mein Kleiner, Joseph Roth war noch ein Mensch, ein Mensch der Alten Welt, eines Alten Europa, das am 27. Mai 1939, morgens um 5.25 Uhr, endgültig unterging, und zwar auf die Sekunde genau mit dem letzten Atemzug des Autors, dem wir *Die Legende des heiligen Trinkers* zu verdanken haben.

Aus einem rätselhaften Grund bist du mit der Umgebung nicht kompatibel, sagte Mara.

Wir berieten über unsere Zukunft, wir fassten einen Entschluss. Ich würde mich im Süden nach einem neuen Lebensort umschauen, Mara in zwei oder drei Jahren nachziehen, sie wollte ihren Geschäftspartner nicht einfach im Stich lassen. Wenigstens einen Teil des Jahres, beschlossen wir, würde ich im Süden verbringen.

Ein paar Monate Sonne im Jahr, ein paar Monate Mara. Eine ideale Lösung schien mir das nicht. Ich hätte lieber Mara und die Sonne gehabt.

Mara liebte Frankreich, Italien kam für sie nicht in Frage. Sie hatte Französisch und Spanisch studiert und in beiden Sprachen ein Diplom als literarische Übersetzerin. Kurz nach ihrem Abschluss zog sie nach Frankreich, in die Champagne, und pflanzte mit ihrem damaligen Partner, einem einheimischen Bauern, biologisches Gemüse an. Nach den Erdbeeren, Bohnen und Möhren kamen erst die Bücher.

Ein paar leichte Kleider genügten für den Süden. Ich besuchte Toulouse, Aix-en-Provence und Avignon. Ich saß unter Platanen, trank Kaffee, las Speisekarten und besuchte Buchhandlungen. Ich hatte es nicht eilig, die Entscheidung für einen neuen Ort würde wie von selbst kommen.

Sie kam wie von selbst. Friedolin ist krank, er sitzt reglos auf dem Käfigboden und frisst nicht mehr, klagte Mara, als ich aus Montpellier anrief. Am nächsten Morgen buchte ich meine Fahrkarten um und kehrte nach Bremen zurück.

Mara hatte nicht übertrieben. Friedolin saß in einer Käfigecke und regte sich nicht. Sie habe das Gefühl, er sei auch auf dem anderen Auge erblindet. Keiner der Tierärzte, die sie angerufen hatte, war zu einem Hausbesuch bereit gewesen.

Wie konnten wir den kranken Vogel, der sich nicht anfassen ließ, zum Arzt bringen? Wir standen immer noch in der Küche und berieten, als aus Friedolins Zimmer ein leises, klägliches Piepsen zu uns drang. Wenig später bewegte er sich im Käfig. Das glaube sie ja nicht, empörte sich Mara. Kaum bist du da, regt er sich wieder.

Es war schwer zu sagen, wie viel er noch sah, ob überhaupt. Auf seinem gesunden Auge hatte sich ein Katarakt gebildet. Im Netz fand ich Berichte zur Erblindung von Papageien. Sie konnte seelische Ursachen haben wie Stress, eine veränderte Umgebung oder die Trennung von einer Bezugsperson, manchmal war sie nur, wie beim Menschen, dem hohen Alter geschuldet.

Zwei Tage brauchte Friedolin, bis er sich mit seiner Behinderung zurechtfand. Im Käfig, der ihm vertraut war, kletterte er bald herum wie immer. Mit geschlossenen Augen saß er an der Tischkante und hielt seinen Kopf in die Sonne, genau wie früher, als er auf einem Auge noch sah. Hörte er uns, drehte er den Kopf zur offenen Zimmertür, als suchte er zu erraten, was wir vorhatten. Vermutlich nahm er uns nur noch als Schatten wahr.

Der Schnabel wurde sein Blindenstock. Wenn er ging, senkte er den Kopf und ertastete mit dem Schnabel den Weg. Erreichte er die Tischkante, stoppte er abrupt. Bald bewegte er sich in halsbrecherischem Tempo über die

Küchenzeile, der Schnabel kratzte wie eine Pflugspitze über das Holz, als wollte er mit ihm eine Furche durch einen Acker ziehen.

Mit verblüffendem Geschick richtete er sich in seinem Blindendasein ein, nichts schien er von seiner Lebensenergie verloren zu haben. Wie konnte man immer so guter Laune sein wie er, woher kam dieser unverbesserliche, durch seine Lebensumstände keineswegs gerechtfertigte Optimismus, diese Fähigkeit, sich mit der Gegenwart abzufinden? Nach wie vor freute er sich über die kleinen Dinge in seinem Papageienleben, rupfte an meinen Haaren, um mich zu ärgern, zerrte an meinem Hemdkragen, versuchte einen Knopf abzubeißen, krabbelte von meiner linken Schulter auf meine rechte und zupfte an meinem Schnauz.

Ich könnte mir ein Beispiel an ihm nehmen, könnte mich wie er in der Gegenwart einrichten, ohne von einem Anderswo zu träumen. Oder träumte auch er von seinem afrikanischen Kindheitsparadies, von seinen Eltern? Mara war überzeugt, dass er sich an seine afrikanische Heimat erinnerte.

Unsere Pläne hatten sich im Handumdrehen in nichts aufgelöst. Der kleine Vogel hatte sie zu Fall gebracht, eine Flucht in den Süden war nicht mehr möglich. Das hast du geschickt eingefädelt, mein bunter Federzwerg, nun kann ich gar nicht mehr weg, weil du sonst stirbst. Bist du davon ausgegangen, dass ich auch in Südfrankreich merke, wenn es dir nicht gut geht, so wie ihr Papageien über große Entfernungen spürt, wenn der andere in Gefahr ist, hast du damit gerechnet, dass ich deinen Notruf höre?

Drei Wochen nach meiner Rückkehr aus Montpellier, wenige Tage nach meinem sechzigsten Geburtstag, brach Mara in die Pyrenäen auf. Jedes Jahr nahm sie sich eine Etappe vor und zog mit einem Freund los. Nächte im Zelt, Toilette in eiskalten Bergseen war mir zu viel Natur. Passt gut auf euch auf, ihr zwei, sagte Mara und schulterte die fünfzehn Kilo.

Das wahre Abenteuer beginnt im Café, erklärte ich Friedolin. Das Café zählt keine Kilometer, auch ein Roman nicht. Die Zeit eines Romans ist kreisförmig und vertieft sich nach innen. In Wanderschuhen geht man von A nach B, Anfang und Ende fallen nicht zusammen wie im Kreis.

In Wanderschuhen geht man nicht von A nach B, in Wanderschuhen geht man in der Natur, und die Natur kennt weder A noch B, korrigierte mich Friedolin. Längst schluckte er nicht mehr alles, was ich ihm erzählte, er war gewitzt und kannte mich inzwischen.

Na, da hast du wohl recht. Aber bleiben wir einmal bei der Geraden. Von A nach B kann man auch mit leerem Kopf gehen. Doch in einem Café, wo die Zeit weder A noch B kennt, wo sich eine kreisförmige Stille einstellt, eine Stille der Geräusche und Stimmen, in einer so zeitlosen Stille hält es ein leerer Kopf nicht aus. Aber unsere Zeit will leere Köpfe, nichts ist den Mächtigen verhasster als ein Café, die Geburtsstätte der Philosophie und der Revolutionen. Auf einer Geraden lässt sich die Zeit in Stunden und der Raum in Kilometer teilen. Die Gerade lässt sich kontrollieren, schlimmstenfalls mit einer Stempeluhr.

Warum unterscheidest du zwischen einem Kreis und einer Geraden? Die Zeit ist kreisförmig und gerade, mit keinem Messgerät wirst du ihr je beikommen.

Du verstehst nicht, was ich sagen will.

Ich glaube, ich verstehe dich ganz gut. Ich bin nicht so dumm, ich höre, ob etwas falsch oder richtig klingt. Wir Papageien unterscheiden nicht zwischen Kreis und Geraden. Warum auch, wenn wir in beiden gleichzeitig leben. Du sitzt zu viel im Café, im Café bleibst du in dir gefangen.

Er wollte mich ärgern, ganz klar. Hatte ich in seinen Augen mein Leben nutzlos als Kaffeehausidiot verbracht? Natürlich hätte er lieber, ich würde meine Zeit ausschließlich ihm widmen. Ich überlegte, wie sich ein Raum darstellen ließ, der weder A noch B kannte. Wie sich eine Zeit darstellen ließ, die gleichzeitig eine Gerade und ein Kreis war. Gab es eine Formel dafür? Es wäre wohl eine Formel für das Leben selbst. Vielleicht konnte man mit einem LSD-Trip diese andere Dimension erleben, die unsere Sprache nicht formulieren konnte, diese Gegenwärtigkeit, in der ein poicephalus senegalus möglicherweise lebte.

Friedolin drückte sich an mich, als wollte er sich für seine Einwände entschuldigen. Na, mein Kleiner, zusammen werden wir die Wochen ohne Mara schon überstehen.

Mara war immer noch pyrenäenbraun, als ich krank wurde. Mein Herz, das ich bisher nie gespürt hatte, weil es so regelmäßig schlug und mit meinem Körper eins war, begann mir Streiche zu spielen. Mein Puls setzte in unerwarteten Momenten aus, dann wieder beschleunigte er sich und raste. Mir wurde schwarz vor Augen, wenn ich von einem Stuhl aufstand, im letzten Moment konnte ich mich an der Wand oder am Tisch festhalten. Manchmal verlor ich für Sekunden das Bewusstsein, sackte auf den Boden und erinnerte mich nicht mehr, wie ich dorthin gekommen war.

Ich trank keinen Alkohol mehr. Ich versuchte, auf Kaffee zu verzichten. Keine meiner Maßnahmen half, weder die stille Lektüre, die Spaziergänge noch die Meditationsübungen. Der Kardiologe, den ich konsultierte, fand keine Anomalie und verschrieb mir Blutverdünner. Wie mein Vater, der Spitalarzt gewesen war, misstraute ich den Medikamenten, ich entsorgte die Tabletten im Müll. Mara holte sie wieder heraus und versuchte, sie mir ins Essen zu schmuggeln. Sie wolle keinen Partner, der gelähmt im Rollstuhl sitze.

Kein Tag verging, ohne dass die Umgebung nicht plötzlich zu schwanken begann. Auch mein Hausarzt in Zürich fand keine physiologische Ursache für mein

Herzrasen. Es war, so schien es, meine Seele, die nicht mit mir einverstanden war. Ich lebte am falschen Ort, ich hatte mich von den Menschen zurückgezogen und zum Gefangenen eines Papageis gemacht.

Entweder er oder ich.

Mir blieb keine andere Wahl. Wenn ich nichts an meiner Situation änderte, musste ich mit einem Infarkt rechnen. Doch wenn ich mich in den Süden absetzte, drohte Friedolin vor Kummer einzugehen. Die Vorstellung, ihn im Stich zu lassen, quälte mich und bereitete mir schlaflose Nächte.

Papageien waren Schwarmvögel. In Friedolins Augen bildeten Mara und ich den Schwarm, zu dem er gehörte. Einen kleinen Schwarm. Es ging nicht, dass einer von uns ausscherte und sich aus dem Staub machte, etwas Schlimmeres konnten wir ihm nicht antun.

Mit dem untrüglichen Sensorium eines Papageis spürte er die Gefahr, in der er schwebte. Er wurde noch anhänglicher und wollte gar nicht mehr von Maras oder meiner Schulter. Nun sind wir beide krank, mein blinder Alpenzieger, da haben wir uns was Schönes eingebrockt. Vielleicht wäre ein Sanatorium oder eine Reha-Klinik im Appenzell für uns alte Herren das Richtige. Man wird plötzlich alt, mon vieux, von einem Tag auf den andern, jemand stellt die innere Eieruhr, plötzlich schrillt sie los, und nichts ist mehr wie vorher. Vor wenigen Tagen bin ich sechzig geworden, mit sechzig Stundenkilometern darfst du nicht mehr durch ein Dorf fahren, da kriegst du ein Knöllchen und einen Strafpunkt in Flensburg.

Was für einen Mist erzählst du ihm da, lachte Mara.

Mein Herz war mir feindlich gesinnt. Es war unangenehm, mit einem Organ zu leben, das einem die Freundschaft aufgekündigt hatte. Das ist das Alter, dachte ich, du bist nur noch mit einem Teil von dir selbst befreundet. Wie lange würde ich noch leben? Ich brachte Mara Blumen mit, Orchideen. Mara liebte Feldblumen, doch Feldblumen kamen mir nicht wie ein Geschenk vor, ich hätte mich geschämt, ihr solche Wiesenabfälle mitzubringen.

Friedolin klammerte sich an mich, sobald ich das Haus verlassen wollte. Als fürchtete er, ich würde für immer verschwinden. Was steht heute auf dem Menüplan, mein kleiner Feinschmecker, die Cembalosonaten von Scarlatti, die Kammerkantaten von Barbara Strozzi?

Große Orchester liebte er genauso wenig wie ich, er bevorzugte die kleinen Formationen, am liebsten eine menschliche Stimme mit instrumentaler Begleitung. Beim Abendessen erzählte ich Mara, dass ich für Friedolin einen neuen Komponisten entdeckt hätte, John Dowland. Aha, so vertreibt ihr euch die Tage, was für ein Leben! Sie teilte meine Begeisterung nicht. Friedolin sei nicht das Wunderkind, das ich in ihm sehe.

Es gab in Bremen mehr Fahrradhandlungen als Cafés. Radfahren war gesund. Fast jeder Arzt verschrieb einem Radfahren. Das billigste Medikament, rechnen Sie einmal nach, wieviel Sie damit sparen! Bremen verbuchte bundesweit die höchste Zahl der Radunfälle für sich.

Mara war gerade dabei, eine Flasche Rotwein zu öffnen, als ich von einer Radtour zurückkehrte und die Küche betrat. Ein Wein, den ihr ein Kollege zur Einweihung des Antiquariats geschenkt hatte, ein kostbarer Franzose, ein Bordeaux. Mara lächelte, ohne mir zu eröffnen, was für ein Ereignis es zu feiern gab. Ich musste warten, bis der Apéritif auf dem Tisch stand und die Weingläser gefüllt waren.

Sie habe lange nachgedacht, begann Mara. Sie steige Ende des Jahres aus dem Geschäft aus, sie komme mit mir nach Frankreich.

Erst am nächsten Nachmittag fiel mir auf, dass mein Herz ruhig schlug und auf jede rhythmische Kapriole verzichtete. Ich schloss die Augen, befühlte meinen Puls, ich misstraute der unerwarteten Genesung. Doch auch in den folgenden Monaten gab der Boden unter meinen Füßen nie mehr nach, mein Herz schlug ruhig, unbemerkt strömte die Zeit wieder durch mich hindurch.

Nicht Friedolin war das Problem gewesen. Maras Einwilligung, mit mir in den Süden zu ziehen, hatte die Heilung bewirkt. Nun war der Weg frei. Wir brauchten bloß den richtigen Ort zu finden. Die Zelte abzubrechen, war keine Hexerei. Doch welcher Ort war für uns beide der richtige?

Wir waren nicht mehr die Jüngsten, und unsere Vorstellungen vom zukünftigen Leben deckten sich nicht. Mara brauchte die Natur, ich die Stadt. Was wir folglich suchten, war Stadtnatur oder Naturstadt. Wir beschlossen, gemeinsam zu reisen.

Mara brach zwei Wochen vor mir nach Südfrankreich auf, so verkürzten wir Friedolin die Zeit des Alleinseins. Zehn Tage jedoch musste er ohne uns beide auskommen. Die Vermieterin und eine Freundin Maras erklärten sich bereit, auf ihn aufzupassen. Wir würden immer wieder anrufen und uns nach seinem Ergehen erkundigen, im Notfall die Reise augenblicklich abbrechen. Wir spielten sämtliche Katastrophenszenarien durch. Fehlte nur noch, dass wir ein Babyphone mit Kamera in seinem Käfig installierten.

Friedolin stellte sich taub, als Mara sich von ihm verabschiedete. Als er merkte, dass auch ich den Koffer packte, redete er nicht mehr mit mir. Ich bin bald wieder zurück, mein Kleiner, du bleibst nicht lange allein. In zehn Tagen sind wir wieder bei dir, wir nehmen dich mit in den Süden, in die Wärme, glaubst du denn, wir lassen dich hier erfrieren?

Was er von meinen Worten hielt, demonstrierte er unmissverständlich. Er kletterte in die Öffnung des Käfigs, drehte sich um, bewegte sein Hinterteil ein paar Mal ruckartig hin und her, ein beachtliches Häufchen landete auf dem Tisch.

Das schlechte Gewissen reiste mit. Das Vatergewissen. Mara und ich trafen uns in Béziers. Keine Stadt, die Mara gefiel. Das Meer lag nicht vor der Tür, zu Fuß kam man nicht ins Grüne. Von Perpignan, das wie Béziers ebenfalls rasch ausschied, fuhren wir ans Meer und planten die nächsten Tage. Außer uns saß niemand in der Strandbar, der Wind ging zu heftig, die Gischt netzte unsere Haut. Ein paar verwegene Kitesurfer ließen sich von ihren Lenkdrachen hoch in die Luft heben, jauchzende, übermütige Sprünge gegen die Schwerkraft.

Nach einer Woche waren wir immer noch unschlüssig. Saint-Chinian war es nicht wirklich, auch Ceret nicht, ein Dorf ganz im Süden, nahe der spanischen Grenze. Wir beschlossen, die letzten drei Tage in Narbonne zu verbringen. Es war eine zufällige Destination, wir reisten nicht mit dem Gedanken hin, dass diese kleine, im Sommer glühend heiße Stadt in einer der ärmsten Provinzen Frankreichs zum Ort unserer Wahl werden könnte.

Würde Friedolin eine Zugfahrt von fünfzehn Stunden überstehen? Wir benötigten einen dritten Sitzplatz für den Käfig, einen weiteren für das Futter, den Fressnapf, das Wasser, die Decke, die Rolle Küchenpapier. Wenn er einen der Mitreisenden nicht mochte, würde die Hölle los sein, unliebsame Zeitgenossen duldete er nicht in seiner Nähe. Ohne ein eigenes Wagenabteil war die Reise undenkbar, wir wären also unterwegs wie die Noblesse im neunzehnten Jahrhundert, nur ohne Bedienstete. Doch wie mit einem Papagei und der ganzen Bagage den Bahnsteig wechseln? Eine Geschichte, die immer komplizierter wurde, je länger wir sie durchdachten. Es hilft nichts, wir brauchen ein Auto, sagte Mara.

Kaum hatten wir angefangen, unseren Wegzug zu organisieren, tauchte ein Hindernis nach dem anderen auf. Wie die Menschen hatten sich Papageien an der Grenze auszuweisen. Ich erfuhr es zufällig, ein Gast im Café Engel erzählte von seinen Schwiegereltern, die mit ihrem Ara die Sommermonate jeweils an der Côte d'Azur verbrachten. Auf einer Rückfahrt nach Deutschland wurde ihnen das Auto aufgebrochen, auch die Reisepapiere kamen weg, unter anderem der Besitzernachweis für den Ara. Da dieses Dokument fehlte, wollten die Zollbeamten den Papagei zurückbehalten. Dem ahnungslosen

Paar teilte man mit, dass ein einbehaltener Vogel laut Gesetz getötet werden musste. Der Ara begriff rasch, in was für einer Gefahr er schwebte. In seiner Verzweiflung, erzählte der Gast, schrie er den einzigen Satz, den er gelernt hatte: Evchen, Post für dich! Nur mit Mühe konnten die Schwiegereltern die Katastrophe abwenden, doch über die Grenze ließ man sie nicht. Wochen später erst, als sie im Besitz neuer Dokumente waren, wurde ihnen die Ausreise mit dem Vogel erlaubt.

Von den deutschen und französischen Botschaften und Konsulaten bekam ich widersprüchliche Auskunft, je nachdem, mit wem ich gerade telefonierte. Einmal brauchte ich einen Besitzernachweis, dann wieder lediglich ein veterinärmedizinisches Gutachten. Mit den Tierarztpraxen erging es mir nicht besser, Grenzübertritte gehörten nicht zu ihrer Domäne.

Jemand riet mir, mich an das Deutsche Zollamt in Frankfurt zu wenden. Ich rief an, ohne große Hoffnung, warum sollte ausgerechnet die deutsche Zollbehörde in Frankfurt wissen, wie man zu einem Besitzernachweis für einen Senegalpapagei kam.

Eine ruhige Stimme, der man sofort zutraute, alle Probleme aus dieser Welt zu schaffen, gab mir die Telefonnummer der Deutschen Stiftung für Tier- und Artenschutz in Köln. Keine Sorge, das sei die richtige Stelle, dort würde man mir weiterhelfen.

Der zuständige Beamte in Köln fragte nach der Ringnummer. Friedolin war beringt, wie es die Vorschrift verlangte. Weder uns noch ihn hatte diese Nummer jemals interessiert. Wir hätten ihn gerne von diesem Symbol seiner Gefangenschaft erlöst, doch er ließ niemanden an den Ring, wir hätten ihn einschläfern müssen.

Es gelang uns nicht, die Ringnummer mit einer Lupe zu entziffern, der Patient hielt nicht still. Wir liehen uns verschiedene Kameras aus und versuchten, den Ring von allen Seiten zu fotografieren, doch die Apparate waren zu unhandlich. Schließlich rettete uns ein Spezialist aus Hamburg, der mit einem Laptop und einer winzigen Kamera anreiste. Einer Kamera, wie man sie in der Medizin für Operationen verwendet. Es gelang ihm, die Minikamera nahe genug an Friedolins beringte Fußhand heranzuführen, aus über siebzig hochgeladenen Fotos setzten wir die mutmaßliche Ringnummer zusammen:

ZIIIA55282.

Eine alte Nummer, meinte der Mann vom Tier- und Artenschutz, man müsse die Archive durchforsten. Er gab mir von der Ringstelle die Durchwahl zur Dame, die er persönlich kannte. Wenige Tage später erhielt ich die Adresse des Papageienhändlers, der Friedolin importiert und verkauft hatte, ein gewisser R. Fritz aus Herne. Nur war dieser R. Fritz aus Herne in keinem Adressverzeichnis mehr zu finden.

Ach was, mach dir keine Sorgen, beschwichtigte mich Mara. Wir werden Friedolin schon irgendwie über die Grenze schmuggeln, niemand wird die Dokumente kontrollieren.

Woher nahm sie dieses Vertrauen, dass sich alles richten würde, warum sah sie überall nur kleine, sanfte Hügel, die in Sandalen zu begehen waren, während ich verzweifelt Stollen und Schächte in eine Bergmasse trieb, bis sie über mir einstürzte und mich begrub?

Ich sah keinen anderen Weg, als noch einmal die Deutsche Stiftung für Tier- und Artenschutz anzurufen. Wir hätten nun, meinte der zuständige Beamte, schon so oft miteinander telefoniert, er würde sich um den Nachweis kümmern, ihm ständen mehr Möglichkeiten zur Verfügung als mir.

Gerade noch rechtzeitig, wenige Tage vor unserer Abreise, erhielten wir folgenden Bericht:

Carl Husman
Antw. Besitzernachweis für Mohrenkopfpapagei
06. Februar 2018 um 13.06 Uhr

Durchführung der Verordnung (EG) Nr. 338/97 zur Umsetzung des Washingtoner Artenschutzübereinkommens (WA) in der Europäischen Union (EU)
Ihre Email-Anfrage vom 21.01.18; Herkunft eines Mohrenkopfpapageien (Ringnummer ZIIIA55282)

Sehr geehrter Herr Beeler,

die Art Poicephalus senegalus (Mohrenkopfpapagei) ist seit dem 06.06.1981 weltweit nach dem Anhang II des WA geschützt.

Dieses bedeutet, dass das Ursprungsland seit dem 06.06.1981 für den Export eine Ausfuhrgenehmigung erteilen muss. Mohrenkopf-papageien, die vor dem 06.06.1981 gehandelt und auch ex- und importiert worden sind, gelten als Vorerwerbsexemplare (Pre-Convention), sie verfügen über keine artenschutzrechtliche Genehmigungsnummer aus dem Ursprungsland.

Wie Ihnen die Ringstelle (ZFF = Wirtschaftsgemeinschaft Zoologischer Fachbetriebe GmbH) am 18.12.2017 mitteilte, erfolgte die Ringausgabe des Ringes ZIIIA55282 im März 1981, ausgegeben an R. Fritz in Herne. Laut Auskunft der örtlich zuständigen Naturschutzbehörde (Frau Hartung, Stadt Herne) handelte es sich bei R. Fritz um einen Importeur von Papageienvögeln. Frau Hartung bestätigte uns, dass diese Firma keine Papageienvögel züchtete, sondern importierte.

Die Importeure waren 1981 verpflichtet, die importierten Papageien nach der Einfuhr gemäß Psittakose-Verordnung zu kennzeichnen, eine artenschutzrechtliche Kennzeichnungspflicht gab es im Jahr 1981 nicht. Aus der Erfahrung können wir Ihnen mitteilen, dass in der Regel die Ringausgabe des ZZFs zeitnah zu der erfolgten Einfuhr der Vögel erfolgte.

In unseren Registrierungsbüchern wird R. Fritz als Vogelzentrale Herne geführt. Tatsächlich führte am 08.12.1981 diese Firma 400 lebende Mohrenkopfpapageien aus dem Senegal ein (Unser Zeichen 506/81), was den Umstand belegt, dass R. Fritz mit Mohrenkopfpapageien handelte. Es ist also gut möglich, dass

R. Fritz auch im Frühjahr 1981 Mohrenkopfpapageien impor-
tierte.

Abschließend bewerten wir die Herkunft Ihres Mohrenkopfpapa-
geien als Vorerwerbsexemplar (Herkunftsangabe gemäß EU-Ver-
ordnung »O«), es wird sich somit höchstwahrscheinlich um eine
nach internationalem Recht legale Naturentnahme handeln.

Mit freundlichen Grüßen
Im Auftrag

Carl Husman
Executive Officer/Vollzugsbeamter

Im März 1981 wurde Friedolin beringt. Spätestens im
März, also in wenigen Monaten, würde er sein achtund-
dreißigstes Lebensjahr erreichen. Der älteste Senegalpapagei, der ihnen bisher je untergekommen sei, sagte die
Tierärztin, die Friedolin wenig später den für den Zoll
notwendigen Gesundheitspass ausstellte.

Ich musste das Dokument mehrmals lesen, um wirklich zu begreifen, was es für uns bedeutete. Friedolin
war ein *Vorerwerbsexemplar*. Wir hatten Glück, nur drei
Monate vor dem Washingtoner Artenschutzabkommen
war er nach Deutschland importiert worden, folglich
brauchten wir für ihn keinen Besitzernachweis.

Ein Vorerwerbsexemplar sollst du angeblich sein,
klärte ich ihn auf, ein Erwerbsexemplar vor dem Erwerb,

demnach ein Exemplar, das erworben wurde, bevor es erworben wurde. Damit stehen wir vor einer logischen Knacknuss, einem philosophischen Problem. Oder bist du einfach ein besonders günstiges Exemplar im Vorverkauf? Auch auf dem Büchermarkt, erklärte ich ihm, gibt es sogenannte Rezensionsexemplare, die vor dem offiziellen Erscheinungsdatum an die Kritiker verteilt werden, auch du scheinst so ein Muster für den Menschenbedarf zu sein, eine Art Probe-Exemplar. Und was ist denn, bitteschön, eine *erlaubte Naturentnahme*?

Meine über dreihundert Schreibhefte entsorgte ich in der Mülldeponie. Ich suchte einen Neuanfang. Friedolin hatte meine Einstellung zum Leben grundlegend verändert. Man reise am besten ohne Gepäck. Ich wollte andere Wege gehen, keine Prosa mehr schreiben, nur noch Gedichte.

Ich schwebte, schwebte einen Fuß oder eine Elle über dem Boden, schwebte, wie ich früher oft geschwebt war. Innerlich war ich bereits abgereist. Ein Nebel hatte sich gelichtet, mein Blick war klar. Auch die Menschen, denen ich begegnete, waren durchsichtiger, ich sah den Käfig, den sie bewohnten, die Gitterstäbe, die kleine Tür, die sich hin und wieder für ein paar Augenblicke öffnete, ohne dass die Gefangenen die Gelegenheit nutzten, in die Freiheit zu entkommen.

Mara hatte für die Reise in letzter Minute einen Kleinwagen gekauft, einen fünfzehn Jahre alten Mitsubishi. Bald säße ich im Haus mit dem Garten, dem Feigenbaum, den Maulbeerbäumen, dem Oleander. Morgen würde ich meine Zugreise nach Narbonne antreten, um die Umzugsmänner zu empfangen. Übermorgen würden die Möbel verladen, Friedolin würde mit Mara und einem Freund im Auto nachkommen. So war es geplant.

So kam es nicht.

Als ich mich vom Personal des Theatro verabschiedet und alle guten Wünsche für mein neues Leben in meine Hosentasche gesteckt hatte, als ich in Maras Wohnung zurückkehrte, begrüßte mich Friedolin lautstark wie immer. Mara war nicht da, auf dem Küchentisch lag ein Zettel:

Liebster,
es ist etwas Schlimmes passiert. Carsten erlitt in Berlin einen Herz-
infarkt und liegt im Spital. Ich kann jetzt nicht fahren, jemand
muss ja den Laden weiterführen. Ich bin in Berlin, morgen Abend
werde ich zurück sein. Noch weiß ich nichts Genaues. Vorerst kann
ich mit Friedolin bei Svenia wohnen. Wenn ich →

Mara war aus dem Geschäft ausgestiegen, die Arbeit musste Carsten über den Kopf gewachsen sein. Aber warum lag er in einem Berliner Spital, was machte er in Berlin? Mara fühlte sich schuldig, gewiss nahm sie den Herzinfarkt auf ihre Kappe …

Ich versuchte nachzudenken, aber in mir stand alles still. Friedolin rief nach mir, klagend, wie mir schien, als wollte er mir von einem Unglück erzählen, das ihm widerfahren war.

Morgen, was war morgen?

Morgen war nichts. Doch, morgen fuhr mein Zug. Morgen Abend würde Mara aus Berlin zurückkehren. Übermorgen würden die Umzugsmänner die Möbel verladen.

Warum hatte sie mich nicht angerufen, bloß einen Zettel hinterlassen und sich aus dem Staub gemacht? Einen Zettel auf den Tisch knallen, das können wir auch, sagte ich zu Friedolin.

Ich hatte mich von allen verabschiedet, ich konnte mir nicht vorstellen, auch nur einen Tag länger in Bremen zu bleiben. Das Haus in Narbonne war noch nicht bezugsbereit, die Renovationsarbeiten würde in einer Woche beginnen. Ich wollte dabei sein, um notfalls Entscheidungen zu treffen. Für die Zeit der Arbeit am Haus hatten wir eine Wohnung gemietet.

Und Friedolin?

Friedolin kletterte auf meine Schulter, flatterte mit den Flügeln, reckte den Kopf vor und blickte zur Küche. Es war Zeit für ein gemeinsames Abendessen, ich gehörte an den Herd.

Bei Svenia sollst du nun wohnen, mein Kleiner. Svenia kennst du, bei ihr haben du und Mara vorher gewohnt. Svenia ist lieb, aber ihre neue Wohnung ist klein, das wird etwas eng. Tagsüber wird Svenia weg sein, genau wie Mara. Das wird dir nicht gefallen.

Als ich den Zettel umdrehte, um die Rückseite zu lesen, klingelte das Telefon. Sie habe mich schon mehrmals zu erreichen versucht, sagte Mara. Carsten liege auf der Intensivstation, noch wisse sie nichts Genaues.

Carsten war offenbar nach Berlin gefahren, um die Bibliothek eines verstorbenen Kunden abzuholen. Über hundert Bücherkisten habe er allein aus der Wohnung

getragen, statt diese Arbeit einer Spedition zu überlassen.

Carsten war kein Kraftprotz und älter als ich. Immer
wieder war es zwischen Mara und ihm zu Spannungen
gekommen, privat gingen sie beide ihrer Wege. Trotzdem war über die Jahre eine Freundschaft zwischen
ihnen entstanden.

Sie sei nicht an den Ereignissen schuld, versuchte ich
Mara zu beruhigen. Ja und nein, meinte sie. Es sei, wie es
sei, sie könne sich nicht einfach aus der Verantwortung
ziehen. Ich solle mir keine Sorgen machen, sie würde
sobald als möglich nachkommen. Friedolin und sie seien
bei Svenia gut aufgehoben.

In Svenias Wohnung wäre Friedolin den ganzen Tag
allein. Mara arbeitete, Svenia arbeitete. Niemand mehr,
der mit ihm auf dem Sofa saß und plauderte. Vor Kummer würde er eingehen.

Ich solle mir keine Sorgen machen. Das war leicht
gesagt. Carsten würde wohl nicht so rasch wieder auf
die Beine kommen. Je länger Mara allein in Bemen
blieb, desto mehr würde sie sich fragen, warum sie mir
ins Ungewisse folgen sollte. Sie liebte ihre Selbständig-
keit. Sie kam gut mit der Umgebung zurecht. Hatte sie
nicht gesagt, wenn sie in Narbonne keine Arbeit finde,
würde sie nach Deutschland zurückkehren, ein Rent-
nerleben könne sie sich nicht vorstellen. Sie war vier-
undfünfzig, sechs Jahre jünger als ich. Immer gewisser

schien mir, dass sie nie zu mir in den Süden ziehen würde.

Es gab nur eine Möglichkeit, das für mich Unvorstellbare zu verhindern. Friedolin mit nach Frankreich zu nehmen. Ja, er musste mit. Mara würde ihren Kleinen vermissen, sie würde keinen Augenblick zögern und ihm so rasch wie möglich nachreisen. Einen Mann vergaß man, aber einem Papagei blieb man treu.

Wir fahren zusammen, erklärte ich Friedolin. Morgen geht's los.

Am 11. Februar 2018 stand ich unter der Haustür und schaute in ein Schneetreiben hinaus, Friedolin saß auf meiner Schulter. Zäune, Büsche und Giebel hatten sich weiße Mützen aufgesetzt. Nicht nur diese pudrige Unschuld, in die sich Bremen bei meinem Wegzug kleidete, machte mich ratlos. Der Käfig war zu groß, er ging nicht durch die Hecktüre des Wagens.

Es war mir nicht gelungen, Friedolin in eine Schuhschachtel oder eine andere Transportfalle zu locken. Verzweifelt klammerte er sich an mir fest, Wind und Wetter gehörten nicht zum Leben, das ihm vertraut war. Bis zum Wagen waren es nur ein paar Schritte. Ich hob die Füße vorsichtig an, um nicht auszugleiten, mit einem Pappdeckel versuchte ich Friedolin zu schützen.

Eine Reiselimousine war der Mitsubishi nicht, zum Einsteigen musste man sich gehörig bücken. Ich zog den Kopf ein, krümmte und verbog mich, ängstlich darauf bedacht, dass Friedolin nirgends anstieß. Geschafft, dachte ich, als ich die Beine vorsichtig unter das Steuer geschoben hatte. Nur war die Autotür noch offen, mit Friedolin auf meiner linken Schulter hätte ich mich zu weit hinauslehnen müssen, um sie zuzuziehen. Noch einmal wand und krümmte ich mich, Friedolin versteckte sich hinter meinem Nacken.

Endlich saßen wir, doch Friedolin traute der Sache nicht. Hartnäckig weigerte er sich, auf seinen Napf zu steigen, den ich vorausschauend auf dem Beifahrersitz deponiert hatte. Unter diesen Umständen war nicht daran zu denken, den sperrigen Käfig zu zerlegen und im Fond wieder aufzubauen.

Im Hausflur setzte ich mich auf eine Treppenstufe und redete auf Friedolin ein. Hör mal, kleiner Mann, ein Dickkopf warst du zwar schon immer, aber diesmal wäre es besser, du würdest auf mich hören. Wir fahren zusammen, keine Angst, aber wenn du an mir festklebst, bringe ich deinen Käfig nicht in den Wagen, und das würde dir auch nicht passen.

Da er nicht nachgab, stieg ich mit ihm und dem Käfig wieder in die Wohnung hoch. Wie immer hast du dich durchgesetzt, du kleiner Neinsager, du glaubst nicht an das Paradies im Süden!

Wir saßen auf dem Sofa unter dem Gummibaum, die Birke vor dem Fenster sah aus, als gefiele ihr das weiße Flitterkleid. Ich versuchte mich mit dem Gedanken anzufreunden, dass aus der geplanten Flucht in den Süden vorerst nichts würde. Friedolin begann sich neben meinem Ohr zu putzen, hielt aber bald inne und gähnte, der Ausflug vor die Haustür hatte ihn doch etwas mitgenommen. Seinen halbschläfrigen Zustand nützte ich aus, um ihn im Käfig abzusetzen.

Wenn es mir gelänge, ihn mit einem Trick auf den Käfigboden zu locken! Ich eilte in die Küche, griff nach einer Holzkelle und wühlte mit ihr geräuschvoll im Katzenstreu der Käfigwanne. Friedolin wurde hellwach, die Geräusche irritierten ihm, da musste er doch einmal nachschauen. Kaum war er unten und schnappte nach der Kelle, hob ich den Gitteraufbau von der Wanne. Friedolin reckte den Kopf, am glatten Plastikrand konnte er jedoch nicht hochklettern. In seinem Gefängnis trug ich ihn zum Wagen hinunter.

Es waren die Nachbarn vom Haus gegenüber, die mir halfen, die Scheiben von Schnee und Eis zu befreien. Doch weder die Käfigwanne noch den Holznapf konnten wir so fixieren, dass sie sich zum Transport meines Begleiters geeignet hätten. Ich würde fahren müssen, wie ich nicht fahren wollte: mit Friedolin auf der Schulter.

Mara hinterließ ich eine Nachricht: *Meine Liebste, ich bin mit Friedolin bereits in den Süden unterwegs und hoffe, noch vor den Möbeln anzukommen.*

Eine alleinerziehende Mutter hätte wohl keine Mühe gehabt, drei Dinge gleichzeitig zu tun. Ich passte auf, dass ich keine Leitplanke streifte, kümmerte mich um Friedolin auf meiner Schulter und wischte mit dem Lappen über die Windschutzscheibe, die fortwährend beschlug. War ich mit Friedolin beschäftigt, vergaß ich das Steuer, konzentrierte ich mich auf die Fahrbahn, war die Scheibe wieder beschlagen. Die Lüftung ließ ich auf kleinster Stufe laufen, damit mein Freund nicht zu sehr im Durchzug saß.

Wir fahren, mein kühner Abenteurer, wir fahren zu unserem Haus am Meer, niemand kann uns davon abhalten, auch Mara nicht. Soll sie doch! Soll sie doch an ihren alten Schwarten kleben bleiben!

Ein Herzinfarkt! Ein schlaues Kerlchen, dieser Carsten. Wie praktisch, wenn man die Verantwortung einfach an eines seiner Organe delegieren kann, beschwerte ich mich bei Friedolin. Wie auch immer, mein Federkeks, wir halten zusammen, wir lassen uns nicht alles gefallen!

Kurz nach Delmenhorst schob sich ein LKW mit Anhänger neben mich. Er fuhr kaum schneller als ich, das Überholmanöver würde lange dauern, falls nicht einer von uns das Tempo änderte. Ich wagte nicht, vom vierten in den fünften Gang hochzuschalten, aus Angst, versehentlich den Rückwärtsgang zu erwischen.

Verglichen mit einem Fußgänger sind wir rasch unterwegs, wir werden in Windeseile in Frankreich sein, beruhigte ich Friedolin.

Der LKW blieb auf meiner Höhe, aus irgendeinem unerklärlichen Grund fuhren wir nun gleich schnell. Mich entsetzte, was ich sah, und doch konnte ich den Blick nicht abwenden: Der Laster war mit Dutzenden von niedlichen, rosafarbenen Steckdosen bestückt. Es waren Schweine, die ihre Rüssel durch die Sparren des Laderaums zwängten und verzweifelt versuchten, mit ihren zarten Schnuten noch einen letzten Hauch von Freiheit einzusaugen, bevor sie im Schlachthof endeten.

Schneematsch hatte sich an den Rändern der Fahrbahn festgesetzt, durch die graue Luftmasse sickerte kaum Tageslicht. Der Schweinetransporter schwenkte auf meine Spur, obwohl der Anhänger immer noch auf meiner Höhe war. Ich trat auf die Bremse, der kleine Wagen schlingerte, mir war, als hörte ich das panische Quieken der Tiere. Eine Kolonne von Autos, die sich hinter dem Transporter gestaut hatte, überholte mich, einige Fahrer hupten, einer zeigte mir den Vogel.

Mit weichen Knien scherte ich auf den nächsten Parkplatz aus. Friedolin klammerte sich an mir fest, ich konnte ihm noch so lange zureden, er ließ sich nicht auf den Holznapf locken. Mir blieb keine andere Wahl, als mit ihm auszusteigen. An eine Toilette hatte man nicht gedacht, ich pinkelte in die Büsche. Friedolin presste sich an meinen Hals, vor Schreck gab er keinen Laut von sich.

Eine kleine Pause konnte nicht schaden. Der Motor tuckerte im Leerlauf, die Heizung wärmte angenehm. Friedolin knabberte neben meinem Ohr an einer Haselnuss, ich vertiefte mich in die Gebrauchsanleitung für den Mitsubishi. Lampenwattzahl, Austausch von Sicherungen, Blinkleuchtenanzeiger, Höhenverstellung des Lenkrads, Tankklappen-Entriegelungshebel, Kühlmittel, Lichtüberwachungsnummer, Schaltgetriebe, Schmiermittel … Das Handbuch war dick wie ein Roman, die Lektüre war mir in vielen Passagen unverständlich. Die Wartung eines Autos, so viel glaubte ich zu verstehen, war eine ebenso anspruchsvolle Aufgabe wie die Erziehung eines Kindes.

Seit langem hatte ich nicht mehr hinter dem Steuer gesessen, anders als Mara, die mit dem Firmenwagen regelmäßig unterwegs gewesen war. Ich legte den Rückwärtsgang ein, fuhr ein paar Meter, legte den Vorwärtsgang ein und wiederholte die Übung, bis es Friedolin zu viel wurde und er an meinen Haaren zu rupfen begann.

Als ich mich der Ausfahrt auf der anderen Seite des Parkplatzes näherte, schob sich wie zum Hohn eine Toilettenanlage aus der grauen Watte. Die Nacht hatte ich kaum geschlafen und auch nicht gefrühstückt, ich brauchte einen Kaffee. Die Fahrt bis zur nächsten Raststätte verlief ohne Zwischenfälle. Natürlich wollte der kleine Dickschädel mich nicht allein aussteigen lassen, ich hatte mich wohl oder übel damit abzufinden, dass wir auf dieser Reise ein unzertrennliches Paar waren und alles zu zweit erledigen würden.

Ich zog den Mantel über den Kopf, sodass Friedolin fast gänzlich darunter verschwand, raffte die Tasche mit dem Futter, dem Holznapf, dem Wassernapf und der Decke, ich war, wie ich fand, hervorragend organisiert. Der Nebel hatte sich aufgelöst, die Nachmittagssonne spiegelte sich in der langen Fensterfront des Betonbaus.

Wir wurden nicht abgewiesen, wie ich befürchtet hatte. Die Tische waren nur spärlich besetzt, die paar wenigen Gäste so reglos wie das Mobiliar. Als hätte mit unserem Erscheinen die langersehnte Vorführung endlich begonnen, lösten sie sich aus ihrer Starre. Das Wetter blieb draußen, Friedolins Lebensgeister erwachten wieder. Die Aufmerksamkeit, die er erregte, gefiel ihm, stolz richtete er sich neben meinem Ohr auf, schwätzte drauflos, schnäbelte an meinem Hals und meiner Wange herum, um zu zeigen, dass er zu mir gehörte oder ich zu ihm.

Das Geschirrklappern kannte er. Kaum hatte ich einen Teller mit Matjes und Bratkartoffeln aufs Tablett geschoben und nach dem Besteck neben der Kasse gegriffen, machte er Anstalten, an meinem Ärmel hinunterzuklettern und nachzuschauen, was es gab. Ich hielt nach einer stillen Ecke Ausschau, alle Augenpaare waren auf den exotischen Gast gerichtet. Es dauerte nicht lange, und mein kleiner König saß neben dem Teller, ganz wie zu Hause. Ich legte ihm Körner, ein Apfelstück, Mais und etwas Ei auf den Tellerrand, mit dem Ei im Schnabel kletterte er auf den Napf. Ein Mädchen mit flachsblonden Zöpfen blieb am Tisch stehen, auch andere Gäste interessierten sich für ihn, ich beantwortete Fragen, als müsste ich eine Pressekonferenz geben.

Mit meinem alten Klapphandy rief ich eine Freundin Maras an. Sie wohnte in Gemmenich, nicht weit von Aachen, auf belgischer Seite. Mara hatte vorgehabt, auf der Fahrt nach Südfrankreich bei ihr zu übernachten. Wo ich mich gerade befinde? Sie wunderte sich, dass ich ohne GPS reiste. Der Name der Gaststätte sagte ihr nichts, die Ortschaften hatte ich mir nicht gemerkt.

Losgefahren sei ich um zwölf.

Sie rechnete nach. In zwei bis drei Stunden müsste ich bei ihr sein. Mit meiner Erklärung, Mara habe für ihren kranken Geschäftspartner einspringen müssen und würde in ein paar Tagen nachkommen, gab sie sich zufrieden.

Hier gefällt's dir besser als in unserer Blechkoje, mein kleiner Frosch, aber leider müssen wir gleich aufbrechen. Für den Abend brauchen wir noch etwas zum Futtern, vielleicht finden wir im Shop ein paar Nussstangen oder eine Banane für dich. Mit Friedolin auf der Schulter schlenderte ich zwischen den Regalen durch, versorgte mich mit Proviant und kaufte eine Straßenkarte Deutschlands, eine entsprechende Karte Frankreichs gab es nicht.

Die Rast hatte meine und auch Friedolins Stimmung gehoben und mich wieder zuversichtlich gestimmt. Du hast deinen großen Auftritt gehabt, mein Clown, beim Publikum kommst du gut an, besser als ich. Wir könnten zusammen durch die Welt tingeln und in jeder Gaststätte eine Gage verlangen, was meinst du?

Als ich mich im Wagen über die Karte beugte, stellte ich fest, dass ich in den vergangenen drei Stunden keine fünfzig Kilometer zurückgelegt hatte, was nicht zuletzt daran lag, dass ich in Bremen die richtige Autobahnzufahrt immer wieder verfehlt hatte. Wollen wir Gemmenich noch zu einer vernünftigen Zeit erreichen, müssen wir mit hundertfünfzig über die Piste rasen, erklärte ich Friedolin.

Die Nacht war hereingebrochen, die Scheinwerfer blendeten im Rückspiegel und bohrten Löcher in meinen Schädel. Über mir war kein Himmel, vor mir nur die Lichter auf einer asphaltierten Geraden, Pixel eines universalen elektronischen Systems, das die Gefangenen in ihren Blechbüchsen einem unbekannten Ziel entgegenjagte.

Je länger ich unterwegs war, desto mehr zweifelte ich an meinem Vorhaben. Wovon entfernte ich mich, worauf steuerte ich zu? Die Zweifel folgten mir wie eine Gewitterwolke, die größer und größer wurde, aber ich kehrte nicht um, ich fuhr weiter, als würde ich von einem Blitz erschlagen, sobald ich anhielte und nachdächte.

Friedolin wurde unruhig, die Fahrt strengte ihn an, sämtliche Neigungen und Hubbel der Fahrbahn musste er mit seinem Federgewicht ausgleichen. Ich konnte nicht sagen, wo auf dieser gepixelten Weltkarte ich mich gerade befand, aber Gemmenich würden wir nie erreichen, wir waren beide zu erschöpft, wir brauchten dringend eine Unterkunft.

Bei Solingen verließ ich die Autobahn. Obwohl ich mir die Straßenkarte angeschaut hatte, war mir schleierhaft, wo dieser Ort lag, ich wusste lediglich, dass er für seine Messer, Scheren und Nagelfeilen berühmt war. Der

Rezeptionist vom Solinger Hof schüttelte den Kopf und blickte misstrauisch auf Friedolin. Ich hätte ihn gar nicht um ein Zimmer für uns beide zu bitten brauchen, dieser hagere Kerl mit dem stechenden Blick verkörperte in seiner Person schon das entschiedenste Nein. Friedolin krähte laut und durchdringend, der Dreisternewächter gefiel ihm nicht.

Bei den nächsten beiden Hotels erging es uns nicht besser. Wir werden nie eine Unterkunft finden, wenn wir uns immer zusammen am Empfang präsentieren, mein Freund.

Unsere Reise fand auf einem öffentlichen Parkplatz gegenüber dem Goldenen Löwen ein vorläufiges Ende. Auch dieses Hotel, das mit seiner Gastfreundlichkeit warb, hatte uns die Aufnahme verweigert. Blödköppe! Nagelfeilenköppe! Weißt du, was eine Nagelfeile ist? Mit einer Nagelfeile, erklärte ich Friedolin, hobelst du dir jeden nachwachsenden Gedanken weg, dafür genießt du eine lebenslängliche Funkstille im Kopf.

Ich bereute es, Maras Freundin in Gemmenich wieder abgesagt zu haben, sie hätte auf mich gewartet, so spät es auch geworden wäre. Friedolin hingegen gefiel es, dass der Wagen endlich seine Schlafposition gefunden hatte. Von meinem Arm kletterte er auf den Napf, Friedolin und Napf landeten ganz sachte auf dem Beifahrersitz. Die Straßenlampe störte ihn, die enge Kabine war nicht das Zimmer, dessen Fenster wir jeden Abend für ihn mit einem Tuch abdunkelten.

Eine kalte Nacht drohte, ich würde zum Heizen den Motor laufen lassen müssen. Der Gedanke, mich bei einer Polizeistelle zu erkundigen, wo ich mit einem Papagei unterkommen konnte, verlockte mich im ersten Augenblick, doch ich verwarf ihn gleich wieder. Das Risiko eines unfreiwilligen Verhörs wollte ich nicht eingehen, schließlich war eine Fahrt mit Papagei am Steuer nicht ganz vorschriftsgemäß.

Im Schneckentempo kurvte ich durch verlassene Wohnstraßen und geriet in eine Gegend mit Einfamilienhäusern, nach kurzer Zeit hatte ich die Orientierung vollkommen verloren. Die nächste Ortstafel, die überraschend im Lichtkegel meiner Scheinwerfer auftauchte, kündete Leverkusen an. Ich hielt vor dem nächstbesten Hotel.

Hotel zur Landlust.

Ein weißhaariger Pudel, der zusammengerollt auf einem Sessel lag, richtete sich auf, als ich mit Friedolin auf der Schulter die Halle betrat, sprang vom Sessel, einem roten Kunstledersessel, stolzierte auf uns zu, sein Gang glich eher einem Traben und wirkte einstudiert wie bei einem Zirkuspferd. Gewiss war er erst kürzlich beim Friseur gewesen, so kunstvoll geschoren, onduliert und dupiert kam er daher, er schien auch zu wissen, dass er sich weit von der Tierwelt entfernt hatte und den Menschen in nichts mehr nachstand. Eine gewisse Arroganz war ihm nicht abzusprechen. Wenige Schritte vor uns setzte er sich, durchaus artig, und blickte zu uns hoch, etwas verwundert, wie es schien. Ein Gast mit einem Papagei war wohl auch für ihn eine Novität.

Wir wurden eingelassen, wir bekamen ein Zimmer. Der Kleine übernachte im Käfig, beruhigte ich die Dame am Empfang, eine herzhafte, schon ältere Frau. Tiere und Menschen seien gleichermaßen willkommen, für Kinder gebe es einen Ponystall, sagte sie und strahlte mich an, als hätte ich ihr gerade ein Kompliment gemacht. Der Sittich ihres Schwagers habe beim Flug durch die Küche einmal das Ziel verfehlt, sei im Suppentopf gelandet und dort jämmerlich verbrüht, berichtete sie gutgelaunt.

Mit dieser Gutenachtgeschichte betraten Friedolin und ich den Aufzug. Das Doppelbett war mit zwei Matratzen bestückt, auf der einen baute ich Friedolins Käfig auf mit allem, was dazugehörte, Kletterstangen, Baumwurzeln, Leitern, Wasser- und Körnernapf. Friedolin kontrollierte, ob in seinem Zuhause alles am richtigen Ort war, wenig später verzehrte er sein Apfelstück, ich brach mir einen Riegel Schokolade ab.

Nie würde ich vor dem Umzugswagen in Narbonne ankommen, wenn die Fahrt in diesem Tempo weiterging. Morgen würden die Möbel verladen, in Frankfurt noch am selben Tag die Möbel eines anderen Kunden zugeladen. Dieser zweite Kunde, mit dem wir den Transporter teilten, würde nach Freiburg im Breisgau ziehen. Von Freiburg bis nach Narbonne rechneten die Männer mit ein bis zwei Tagen.

Ich schaltete mein Handy ein. Drei Anrufe hatte ich

verpasst. Drei Anrufe von Mara. Ich musste zurückrufen, ich konnte mich nicht tot stellen.

Wo ich sei, platzte Mara heraus, noch bevor ich mich melden konnte. Ob ich denn völlig – das richtige Wort fiel ihr nicht ein.

Sie war aus Berlin zurückgekehrt, sie war schon im Bilde, die Nachbarn hatten ihr erzählt, dass ich mit Friedolin losgefahren sei. Ob ich denn glaube, Narbonne rechtzeitig zu erreichen! Wie ich mir die Weiterfahrt denn vorstelle, allein mit Friedolin!

Bei Svenia wäre Friedolin den ganzen Tag allein gewesen, das hätte er nicht überlebt, verteidigte ich mich. Nein, gemein sei ich nicht, ich hätte gedacht, sie zu entlasten, damit sie neben dem ganzen Stress nicht noch Friedolin an der Backe habe. An der Backe haben, was für eine schreckliche Formulierung, dachte ich, kaum war mir der Satz entschlüpft.

Meine Argumente brachten Mara nur noch mehr auf. Warum ich davon ausgehe, dass Friedolin nur mich vermissen würde und sie nicht genauso.

Was soll ich denn tun?

Sie wisse es auch nicht, sagte Mara.

Sie war erschöpft von der Aufregung der beiden vergangenen Tage, sie weinte, sie hängte einfach auf.

Ein Papageienruf weckte mich. Friedolin verlangte nach seinem Frühstück. Während er die Körner aus seinem Toast pickte, fragte ich am Empfang nach Kaffee und Brötchen, ich wollte nicht im Speisesaal frühstücken und ihn allein lassen. Wie lange würde der mitgeführte Körner-Harmonie-Toast noch reichen? Friedolin hob immer wieder den Kopf und horchte, manchmal ließ er seine erblindeten Augen länger auf mir ruhen. Vermutlich fragte er sich, wohin die Reise ging.

Sollte ich weiterfahren oder nach Bremen zurückkehren? Ich hatte mich im Bett hin und her gewälzt, ohne eine Antwort zu finden. In Bremen könnte ich mir eine Fahrkarte für den folgenden Tag kaufen, mit der Bahn käme ich noch rechtzeitig nach Narbonne. Doch sobald ich diese Variante überzeugender fand, sah ich Friedolin in Svenias Wohnung, sah ihn traurig und reglos in einer Ecke der Käfigwanne sitzen.

Als ich mit einem der beiden Koffer und dem Toaster den Aufzug verließ, wusste ich immer noch nicht, in welche Richtung die Fahrt weitergehen sollte.

Grüßen Sie Frankreich von mir. Sie sind ja gut ausgerüstet für Ihre Fahrt, sagte die Frau am Empfang, dieselbe wie am Vorabend.

Ich nickte. Also Frankreich! Ohne dass sie es ahnte, hatte sie mir die Entscheidung abgenommen. Vielleicht überließ ich ihr die Verantwortung so bereitwillig, weil sie es war, eine Frau, die in meiner Vorstellung herzhafte Kuchen backte und mit ihren beiden Füßen in bestem Einvernehmen mit Muttererde stand. Sie sah nicht aus, als hätte sie sich im Leben oft getäuscht.

Der Himmel war gefroren und hart, die Sonne ein blasser, kaum sichtbarer Fleck. Meine Gedanken fanden noch nicht zueinander, ich zog einen Schleier von Müdigkeit hinter mir her. Der zweite Koffer und die Tasche mit dem Futter, der Wasserflasche, der Küchenrolle, der kleinen Plastikschaufel und den Putzlappen waren im Wagen verstaut, es fehlte noch der Käfig, die Decke, der Napf und Friedolin selbst.

Nur wollte der Dreikäsehoch den Käfig um keinen Preis verlassen, das Zimmer gefiel ihm. Ich brauchte über eine Stunde, bis ich ihn zur Weiterfahrt überreden konnte.

Der Sittich, der im Suppentopf endete, ging mir nicht mehr aus dem Kopf. So gutgelaunt hatte die Frau die Anekdote erzählt, als berichtete sie von der glücklichen Hochzeit ihrer Tochter. Ich erinnerte mich, wie ich auf dem Flughafen von Toulouse im Flugzeug saß, das nicht abheben konnte, weil die Startbahn gesperrt war. Ein Vogel war laut Durchsage in das Düsentriebwerk der zuvor startenden Maschine geraten. Es war mein letzter Flug gewesen.

An keiner Grenze wurden wir kontrolliert. Ich war erleichtert, ich sang. Zu laut für Friedolin, er hatte mich noch nie singen gehört. So laut wie du bin ich allemal nicht, erklärte ich ihm. Was auch geschehen mag, mein Keks, wir kehren nicht mehr um. Noch einmal durch den Zoll traue ich mich nicht, das Glück darf man nicht ein zweites Mal herausfordern.

Als ich bei der Ankündigung der nächsten Tankstelle einen Blick auf Benzinuhr warf, leuchtete die Warnanzeige rot. Zwanzig Kilometer, würde ich das schaffen? Ich verlangsamte, um den Benzinverbrauch zu verringern, jeden Augenblick musste ich damit rechnen, auf der Fahrbahn stehen zu bleiben. Mein Hemd klebte unter den Achseln fest.

Die Zapfsäule war auf der linken Seite, die Tanköffnung des Wagens auf der rechten. Das stellte sich allerdings als das kleinere Problem heraus. Nichts war mehr wie in früheren Zeiten, kein Tankwart bediente, der Kunde hatte die Arbeit selber zu erledigen.

Friedolin ließ es nicht zu, dass ich ohne ihn ausstieg. Ich blickte auf die vier Einfüllstutzen. Das Gesetz, dass die Welt immer komplizierter wurde, galt offensichtlich für alle Lebensbereiche. Welche Spritsorte war die richtige? Friedolin begriff nicht, was ich vor dieser Zapfsäule zu suchen hatte, er begann mich am Hals zu zwacken. Kein schönes Plätzchen, das wir uns ausgesucht hatten, das musste ich zugeben, ein zugiger, kalter Ort.

Der Familienvater, der seinen Audi neben mir volltankte, bemerkte meine Verlegenheit. Il n'est pas content, sagte er. Nein, zufrieden war Friedolin nicht. Ah, c'est très gentil de vous, sagte ich, als er mir anbot, Maras kleinen Wagen vollzutanken. Ich schlug noch einmal im Handbuch nach, der Griff, um die Klappe des Tanks zu entriegeln, war neben dem Fahrersitz. Ich gab meinem Retter die Kreditkarte und nannte ihm den Geheimcode. Diesel oder Benzin? Eine gute Frage. Sie fand rasch eine Antwort, auf der Innenseite der Benzinklappe war verzeichnet, welchen Kraftstoff der Wagen brauchte.

Ob ich mit dem Papagei in den Urlaub unterwegs sei?

In einen definitiven, nach Narbonne.

Mehrere Jahre, erzählte er, habe er in Perpignan gearbeitet, auch Narbonne kenne er gut. Nun lebe er in der Auvergne, in Clérmont-Ferrand. Er bereue es nicht, in eine rauhere Gegend gezogen zu sein, weder in Perpignan noch in Narbonne hätten ihm die Menschen besonders gefallen. Er reichte mir die Karte des Hotels, das er in Clérmont-Ferrand führte.

Kaum war der Audi weg, hielt ein Streifenwagen neben mir. Der Polizist, der ausstieg, interessierte sich weder für Friedolin noch für mich. Ich schaute, dass ich möglichst rasch wegkam.

An der nächsten Raststätte wurden wir abgewiesen. Kurz vor Metz rief ich die Maklerin an, die mir das

Haus in Narbonne vermittelt hatte. Vielleicht konnte sie den Umzugsmännern die Wohnungstür öffnen. Bereits am Tag nach meiner Vorsprache hatte sie mir ein Haus angeboten, das offiziell noch nicht zum Verkauf ausgeschrieben war. Ich sah die bunten Bodenfliesen in den drei Zimmern, den Garten mit den Maulbeerbäumen, dem Feigenbaum, ich hörte die Stille und die Stare. Ich musste allein entscheiden, Mara war nicht mitgekommen. Die Arbeit und Friedolin hatten ihr eine zweite Reise in den Süden nicht erlaubt. Ich sagte sofort zu und unterschrieb noch am selben Tag den Vorvertrag, den »compromis«.

Wir hatten ursprünglich vorgehabt, eine Wohnung zu mieten, um gegebenenfalls wieder umziehen zu können, falls wir in der Umgebung nicht heimisch würden. Doch die französischen Gesetze meinten es nicht gut mit uns. Ohne französisches Bankkonto war ein Mieten nicht möglich. Um in Frankreich ein Bankkonto zu eröffnen, waren wiederum ein fester Wohnsitz in Frankreich und ein französischer Steuerbescheid unumgänglich. Diesem Teufelskreis entkam man nur durch den Kauf einer Wohnung oder eines Hauses. Ich rechnete nach. Ein Hauskauf würde mich lediglich drei bis vier Jahresmieten einer durchschnittlichen Dreizimmerwohnung in Zürich kosten. Dieses Geld würden wir auftreiben können.

Das Haus musste neu gestrichen und isoliert werden, die Eingangstür und die Tür zum Garten waren zu ersetzen, Radiatoren zu installieren, die elektrischen Leitungen zu erneuern. Wir brauchten für die Dauer der Arbeiten eine vorübergehende Bleibe. Keine Sorge, ich werde schon was finden, meinte die Maklerin. Ich hatte die Hoffnung schon aufgegeben, als sie uns in Bremen anrief. Bekannte von ihr besaßen eine Zweitwohnung, die vorübergehend leer stand. Auf diese halbprivate Weise kamen wir vorübergehend unter, ohne französisches Bankkonto und ohne französischen Steuerbescheid.

Schneeregen fiel, die Hecklichter vor mir verschwammen, wahrscheinlich war meine Sichtbrille schon zu alt oder meine Augen schlechter geworden. Zwischen Metz und Nancy übernachteten wir. Das Hotel lag direkt an der Autobahn und hatte seine besten Zeiten hinter sich. Keiner Menschenseele begegneten wir in den Fluren, die Hotelküche war geschlossen.

Das Zimmer war klein, das Bett zu schmal, ich konnte nicht, wie letzte Nacht, den Käfig auf der Matratze aufbauen und mich daneben legen. Ich verschob den Nachttisch und installierte den Käfig auf dem Boden, schob das Fallgitter vor die Öffnung und machte die beiden Klappen des Ausstiegs oben zu. Die Gefahr, dass Friedolin nachts auf dem Boden herumirrte und ich beim Gang zur Toilette auf ihn trat, schien mir zu groß.

Lange fand ich keinen Schlaf. Unruhig kletterte Friedolin am Gitter hoch und wieder hinunter, machte sich an Fallgitter und Klappen zu schaffen, auf einmal vernahm ich einen kläglichen Hilferuf. Ich tastete nach dem Lichtschalter. Dem gewitzten Kerlchen war es gelungen, eine Klappe anzuheben, nun klemmte er in der Öffnung fest.

Wehklagend kletterte er an meinem Arm hoch, er wusste genau, wo er die Nacht verbringen wollte. Von seinem Nestplatz neben meinem linken Ohr ließ er sich nicht mehr vertreiben. Senegalpapageien hatten ihren eigenen Kopf, dafür waren sie bekannt. Der Käfig gehörte nicht auf den Boden, da hatte er ganz recht.

Ich setzte mich aufs Bett, lehnte mich mit dem Rücken an die Wand, aber auch auf meiner Schulter schlief Friedolin nicht ein. Er vermisste Mara. Wo blieb sie nur? Eine Veränderung ging vor sich, die er nicht einzuschätzen vermochte, eine Veränderung, die nicht unbedingt Gutes verhieß.

Was hatte ich mir nur gedacht, als ich mich für ein Einzelzimmer entschieden hatte? Ich beschloss, an der Rezeption nach einem Doppelzimmer zu fragen. Friedolin begleitete mich, als ich durch die spärlich beleuchteten Hotelflure ging, der Aufzug war außer Betrieb. Die Glocke auf dem Empfangstresen weckte niemanden, ich konnte klingeln, so lange ich wollte. Als ich die Treppe wieder hochstieg und in den Flur einbog, fiel mir eine offene Zimmertür auf. Die Laken der beiden Einzelbetten waren zerwühlt, doch das war mir egal. Mit Friedolin trug ich den Käfig in das ungemachte Zimmer, stellte ihn auf eines der beiden Betten, holte den Napf, holte alle Siebensachen, auch das Kopfkissen und die Decke aus dem alten Zimmer, schob im neuen Zimmer das eine Bett neben das andere, setzte mich mit Friedolin neben den Käfig und wartete, bis er bereit war, sich auf seine Schlafstange zu setzen.

Am nächsten Morgen fiel Regen, der erst gegen Mittag nachließ. Zwischen Langres und Dijon begann Friedolin zu nießen. Es hörte sich nicht anders an als bei einem Menschen, wie ich überrascht feststellte. War eine Erkältung für einen Papagei lebensbedrohlich, musste ich nach einem Tierarzt Ausschau halten? Ich schaltete die Lüftung ganz aus. Warum musste dieser Dickschädel ausgerechnet auf meiner Schulter sitzen, dem zugigsten Ort? Auf dem nächsten Rastplatz wickelte ich einen Schal notdürftig um uns beide.

Kurz vor einem Autobahnkreuz änderte ich meine Pläne spontan. Ich wählte die Spur nach Besançon. In dieser Kleinstadt am Fuß des Juras hatten Mara und ich einmal drei Tage verbracht, es war der Beginn eines Wanderurlaubs gewesen. Ich sah das Appartement vor mir, das auf einen Garten ging, ganz oben am Hang, nicht weit von der Zitadelle. Die Appartements gehörten zu einem in der Nähe gelegenen Hotel. In jenen drei Tagen mit Mara hatte ich mich von einer noch nicht ganz ausgeheilten Bronchitis erholt, in meiner Erinnerung war es ein paradiesischer Aufenthalt gewesen.

Vielleicht hatte außer der Angst, Friedolin könnte ernsthaft erkrankt sein, auch ein nostalgischer Reflex dazu geführt, nun die Reiseroute zu ändern. Wenn mir die kleine Wohnung mit Garten damals so gut getan hatte, war sie nicht auch ein idealer Ort für Friedolin? In der Dépendance gab es keine Rezeption, Friedolin würde dem Personal nicht auffallen. Nur musste er im Wagen bleiben, wenn ich im Hotel nach einer Unterkunft fragte.

Die Einbahnstraßen von Besançon führten mich im Kreis herum. Zwei Mal kam ich am Geburtshaus von Victor Hugo vorbei, doch das Hotel fand ich nicht. War er es, der große Dichter, der mich an der Nase herumführte, weil er es empörend fand, dass ein Schreiberling, ein unbedeutender Wicht wie ich, seiner Geburtsstadt einen Besuch abstattete?

Sie sind gar nicht weit vom Hotel entfernt, erklärten mir zwei Passanten. Sie zeigten in die Richtung, aus der ich gekommen war. Zum dritten Mal musste ich an Victor Hugo vorbei. Ich blickte an der Fassade seines Geburtshauses hoch, aber der Dichter stand nicht am Fenster, es war wohl unter seiner Würde, mir diese Ehre zu erweisen. Ich hätte ihm freundlich zugewinkt, ich hätte ihn gerne gefragt, ob seine Frau mit ihm glücklich gewesen war.

Oberhalb der Kathedrale, nicht weit von der Dépendance, parkte ich. Friedolin verstand nicht, dass es Dinge gab, die ich ohne ihn erledigen wollte. Nach einer langen Diskussion und einigen Überlistungsversuchen gelang es mir, ihn auf den Napf zu locken.

Das Hotel lag, wie ich es in Erinnerung hatte, am Ende der schmalen Straße, die Appartements wurden auch in den Wintermonaten vermietet. Für zwei oder mehr Personen, fragte die Rezeptionistin.

Für zwei.

Wir hatten alles, was wir brauchten. Einen Esstisch für den Käfig, ein Sofa, eine Kochnische und einen Wasserkocher. Die Fahrt hatte Friedolin so erschöpft, dass er sich sofort auf seine Schlafstange setzte. Wenig später schlief auch ich.

Mitten in der Nacht wachte ich auf. Wenn Friedolin starb? Das würde mir Mara nie verzeihen. Die Vorstellung, dass beide, Mara und Friedolin, aus meinem Leben verschwinden könnten, versetzte mich in Panik. Es war so still in der Wohnung, dass ich aus dem Bett stieg und nachschaute, ob Friedolin noch im Käfig war.

Ich dachte an Adèle, eine verstorbene Freundin. In ihren Briefen hatte sie mir oft von den Vögeln im Garten erzählt. Ich nannte sie meine Schwester oder meinen Engel. War ich in Schwierigkeiten, hatte ich sie um Rat gefragt. Von unserer ersten Begegnung an war es mir vorgekommen, als würde sie sich in meiner Seele besser auskennen als ich.

Wir hatten uns vor langer Zeit auf einer Zugfahrt von Paris nach Irùn kennengelernt. Wenn etwas in deinem Leben verschwindet, hast du es in dir aufgenommen, sagte sie, wir standen im überfüllten Barwagen nebeneinander. Ich hätte gerne gewusst, wie sie diesen Satz verstand, doch sie lächelte nur. Wenige Monate zuvor war sie aus Nepal zurückgekehrt, fünf Jahre hatte sie nach ihrem Kunststudium in Katmandu verbracht. Eines Tages war ihr klargeworden, dass dieser Treffpunkt von Zivilisationsflüchtlingen nicht ihr Ort war. Sie kehrte nach Frankreich zurück, doch die Lebensweise ihrer Familie, ihrer Freunde und Bekannten war ihr in der Zwischenzeit fremd geworden.

Wir redeten nicht miteinander wie zwei Menschen, die sich gerade erst begegnet waren. Adèle wurde einer der wichtigsten Menschen in meinem Leben, eine treue Begleiterin aus der Ferne. Obwohl wir uns nicht oft sahen, hatte jeder von Anfang an einen festen Platz in der Seele des anderen.

Von Irùn wollte ich weiter nach Madrid, um die Beziehung zu meiner spanischen Freundin zu retten, obwohl ich mir kaum Hoffnungen machte, dass nach zweijährigem Auf und Ab noch etwas zu retten war. In Biarritz stieg ich mit Adèle aus. Ich war damals dreiundzwanzig, sie zehn Jahre älter als ich. Ein Bus brachte uns nach Combo-les-Bains, in diesem kleinen Ort in den Pyrenäen übernachteten wir.

Wir waren kein Liebespaar, wir waren von Anfang an Freunde. Adèle zurrte den Beckengurt ihres schweren Rucksacks fest, sie hatte sich eine Gebirgstour bis zur Mittelmeerküste vorgenommen, um mit sich ins Reine zu kommen. Die Sonne blendete, das satte Grün der

Landschaft kam mir übertrieben vor, die wenigen Häuser hielten ängstlich voneinander Abstand. Adèle stand vor mir, wetterfest, und blickte auf meine eleganten Stadtschuhe. Es war klar, dass einer wie ich in den Pyrenäen niemals mit sich ins Reine kommen würde.

Sie hatte mir von Autoren erzählt, die ich nicht kannte. Von Nicolas Bouvier, Kenneth White, von Bashô, von Soseki und Segalen, Namen, die wenig später auch für mich wichtig wurden. Immer noch sehe ich sie vor mir, wie sie sich mit ihrem großen Rucksack von mir entfernte, wie sie kleiner wurde und sich in der Landschaft auflöste, ein verlorener Engel, der in seine Heimat zurückkehrte, fern von den Menschen.

Die Häuser waren solide gebaut, in den Gärten lag Schnee, es fehlte nicht an Briefkästen, Spatzen und ein paar fröstelnden Bäumen. Bei der Touristeninformation fragte ich nach einem Tierarzt. Drei Praxen rief ich an, vogelfreundlich war keine. Ein Papagei, der nießt – davon hatte man noch nie gehört. Nein, Hausbesuche machen wir keine, désolé. Bei der nächstgelegenen Praxis schaute ich in persona vorbei. Vitamine, Ruhe, Wärme, kein Durchzug, genau wie bei den Menschen, riet mir der Arzt. Auf dieses Omarezept war ich längst auch selber gekommen. Warum der Vogel nicht in einem Katzenkäfig reise, da wäre er wenigsten sicher untergebracht und vor Durchzug geschützt.

Ich hätte die Allerweltspsychologie unseres allwissenden Jahrhunderts bemühen und dem Arzt erklären können, dass Friedolin an einem Katzentrauma litt und ihn nichts in der Welt in einen Katzenkäfig locken würde. Doch er sei ein gelehriger Vogel, man könnte es vielleicht mit einer Psychotherapie versuchen, fünfzig oder sechzig Sitzungen würden sicher genügen, um ihn von seinem Trauma zu befreien.

Als ich von meiner erfolglosen Expedition zurückkehrte, saß Friedolin auf der obersten Käfigstange und gähnte, er musste gerade aufgewacht sein. Hör mal, meine Schlafmütze, in einen Katzenkäfig will man dich sperren. Ein Arzt, der nicht zwischen einem Vogel und einer Katze unterscheiden kann, hat man sowas schon gehört! Die Menschheit ist offensichtlich dabei, zu verdummen.

Mara rief an. Am Vortag hatte ich ihr bereits eine Nachricht geschickt, dass wir in Frankreich seien und alles gut laufe. Ob ich wirklich erwarte, dass sie auf mich nicht mehr sauer sei? Über meine Flucht mit Friedolin würden wir später reden, sagte sie.

Von Friedolins Erkältung erzählte ich ihr nichts. Nach und nach wurde unser Gespräch entspannter, wir redeten lange miteinander. Carsten gehe es besser, alles sei glimpflicher abgelaufen als befürchtet. Vielleicht schließe sie den Laden vorübergehend und komme für ein paar Tage nach Narbonne.

Ich hätte Angst vor der Weiterfahrt, sagte ich. Das wundere sie nicht, das hätte sie mir gleich sagen können.

Niemand ahnte etwas von der Existenz des kleinen Vogels. Von seiner Erkältung erholte er sich rasch. Vier Tage blieb ich in dieser Kleinstadt am Fuße des Jura, die Wohnung verließ ich jeweils nur kurz, für einen Kaffee oder den Besuch einer Buchhandlung, immer derselben, *Les sandales d'Empédocle.*

Am zweiten Morgen war ich gerade dabei, Friedolins Trinkwasser zu wechseln, als mich die Maklerin aus Narbonne anrief. Der Umzugswagen sei angekommen, die Möbel ausgeladen. Wie immer wunderte ich mich, dass sich Probleme, die mir unlösbar schienen, einfach in Luft auflösten.

Wir waren die einzigen Gäste der Dépendance, Friedolin und ich. Die Möbel sind da, nun ist völlig egal, wann wir weiterfahren. Wir können auch hier bleiben, was meinst du, die Wohnung scheint dir zu gefallen.

Nichts trieb mich zur Eile, nichts fehlte mir in unserem Nest. Zum zweiten Mal las ich das Vogelbuch von Anita Albus, ein Buch über Aras, Waldrappe, Karolinasittiche und andere Himmelsbewohner, das mir Mara zum sechzigsten Geburtstag geschenkt hatte.

Die Autorin schildert, wie der Vogelmaler John James Audubon im Herbst 1813 durch die dürren Ebenen den Ohio entlangritt. Gegen Mittag tauchte am Horizont die schwarze Wolke eines Wandertaubenzugs auf. Im Nu war der Himmel verdunkelt wie bei einer Sonnenfinsternis, schmelzenden Schneeflocken gleich regnete der Vogelmist auf den Vogelmaler herab, ein *unablässiges Schwirren der Flügel* lullte ihn ein.

Mit Bleistiftupfern versuchte John James Audubon die Zahl der Taubenschwärme im Skizzenbuch festzuhalten. Er war ein genauer und sorgfältiger Mann, er zählte 163 Taubenwolken in 21 Minuten. Die Sonne war noch nicht untergegangen, als er nach langem Ritt in Louisville eintraf. Immer noch war kein Ende des Vogelzugs abzusehen, drei lange Tage blieb der Himmel verfinstert.

Solange die Millionen feuerroter Taubenaugen keine Wälder mit Bucheckern und Eicheln, keine Felder mit Weizen oder Reis für Millionen pechschwarzer Schnäbel erspähten, würde sich keine einzige Taube niederlassen. Versuchte ein Falke einen Vogel aus der Schar zu reißen, schossen die Tauben unter dem Donnerrollen ihrer aneinanderschlagenden Fittiche zu einer festen Masse zusammen. Wie ein lebendiger Strom stürzten sie dann geballt hernieder, schossen in welligen und winkeligen Linien vorwärts, fielen bis zum Bodern herab, strichen über ihm mit unvorstellbarer Geschwindigkeit dahin, stiegen dann senkrecht empor, einer mächtigen Säule gleich. Hatten sie die Höhe wieder erreicht, sah man sie innerhalb ihrer fortlaufenden Reihen kreisen und sich winden, gleich den Spiralen einer gigantischen Schlange.

John James Audubon beobachtete, wie nun alle nachfolgenden Taubenscharen an derselben Stelle zusammenschossen, an der die eine Taube den Krallen des Falken entronnen war. Obwohl längst keine Gefahr mehr drohte, schrieben sie genau dieselben Winkel, Wellen und Windungen in die Lüfte wie die zuvor angegriffene Schar. *Ein Gedächtnis verband Millionen von Tauben,* notierte Audubon.

Als hätte sich die Luft an der gefährlichen Stelle verfärbt, wichen ihr alle nachfolgenden Schwärme aus. Die dem menschlichen Auge verborgenen Fluglinien schienen für die Wandertauben so sichtbar zu sein wie für uns Straßen oder Wanderwege. Eine Architektur aus Flugbahnen, von der wir nichts ahnten, existierte hoch über unseren Köpfen als eine konkrete Landschaft mit eigener Geographie.

Ein Gedächtnis verband Millionen von Tauben. Welches Gedächtnis verband die Menschen? Keines, das uns die gefährlichen Stellen meiden ließ, die Stellen, an denen Böses geschah. Keines, das uns die Kriege verhindern ließ, keines, das sich gegen das Unrecht wehrte. In unserem bürokratischen Jargon galt Friedolin als »erlaubte Naturentnahme«. Er wurde dem kollektiven Papageiengedächtnis entrissen. Es gab keine Möglichkeit mehr, ihn diesem Gedächtnis zurückzugeben.

Den Karolinasittichen erging es wie den Wandertauben. Auch sie traten massenhaft in geschlossenen Schwärmen auf, auch sie konnten, so intelligent sie waren, von ihrem Zusammenhalt nicht lassen, der dem Vernichtungskrieg gegen sie so entgegenkam. Ihr soziales Verhalten war, wie das aller Papageien, sehr ausgeprägt. Auf dem Futterplatz von Schüssen aufgescheucht, kehrten sie stets zu den verwundeten und sterbenden Gefährten zurück, schwenkten schreiend zu ihnen herab und wurden scharenweise niedergemacht.

Besaßen Papageien Mitgefühl? Ihr soziales Verhalten sprach dafür. Die Fähigkeit zur Empathie war kein Merkmal der Menschen. Der natürliche Feind des Menschen war der Mensch, der Drang zur Vernichtung schien ihm angeboren. Durch die riesigen Plantagen der Siedler hatten sich die Wandertauben vermehrt, sie fanden auf einmal Nahrung in Fülle. Die Indios beobachteten das Taubengemetzel, das die europäischen Kolonisatoren anrichteten, und warnten sie vor dem Aussterben dieser Himmelsbewohner. Sie wussten, dass der Mensch nicht Herr der Natur war, sondern die Natur Herrin über die Menschen.

Ethisch gesehen lebte der Europäer auf der Stufe eines Bakteriums. Der einzige Ort, an dem er in den vergangenen drei Jahrhunderten sein humanes Gesicht zeigte, war nicht die Kirche, sondern das Café. Längst waren auch die Cafés vom Aussterben bedroht.

Neun Tage hatte die Reise gedauert. Ich hielt vor dem Eingangstor der Siedlung, die durch einen hohen, mit einem Stachelkranz bewehrten Drahtzaun gesichert war, als fürchteten die Bewohner, die Pinien auf der anderen Straßenseite könnten nachts in das Gelände einfallen.

Die verschiedenen Geheimnummern für die Zufahrt, den Eingang zum Block Nummer 4 und die Gasheizung lagen griffbereit neben mir. Du hast gar nicht bemerkt, was für eine Meisterleistung ich in diesen neun Tagen vollbracht habe, mein Rabauke. Wir sind angekommen, gesund und wohlbehalten, wir haben geschafft, was uns niemand zugetraut hätte, wir sind im Paradies.

Ich tippte die Zahlenfolge in mein altes Klapphandy ein. Ich versuchte es ein zweites, ein drittes Mal. Das Tor ging nicht auf. Hatte ich den Code falsch notiert? Die Kamera neben der Fußgängerpforte war auf mich gerichtet. Vielmehr auf uns, Friedolin und mich. Vielleicht war ein Papagei ein nicht kodifizierter Fremdkörper, dem der Zutritt nicht erlaubt war, vielleicht hätte ich ihn als Mitbewohner anmelden müssen.

Ich manövrierte den Wagen zur Seite, um einem Toyota mit offener Ladefläche den Vortritt zu lassen. Vielleicht konnte ich ihm, wenn ich rasch genug war, in die gesicherte Zone folgen, bevor sich das Gitter wieder schloss.

Der Toyota blieb stehen, als wäre der Fahrer eingeschlafen. Ein zweiter Wagen hielt, ein dritter. Es wurde diskutiert, telefoniert, zwei Männer rüttelten am Tor, der Wind zerrte an ihren Kleidern, ein kühler Wind aus den Bergen, der oft tagelang über die Ebene fegte und alles mitriss, was nicht niet- und nagelfest war. Der Cers, wie die Einheimischen ihn nannten, sie liebten diesen Nordwind nicht.

Die heimkehrenden Mieter parkten ihren Wagen am Straßenrand und betraten die Siedlung durch die Pforte für Fußgänger. Auch ich hätte diese Pforte benutzen können, doch der Wind ließ nicht nach, auf dem Weg zu Block Nummer 4, dem entferntesten Block, hätten mir die Böen Friedolin entrissen. Ich rief im Hotel an, das ich bereits kannte, das mir während der Immobiliensuche zu einem zweiten Zuhause geworden war.

Noch einmal baute ich Friedolins Käfig in einem Hotelzimmer auf. Drei Tage fegte der Cers über die Dächer der Stadt, drei Tage blieb ich im Hôtel de France. Das Zimmer war mir vertraut, ein großes Zimmer aus einem Frankreich früherer Epochen. Eben erst, so kam es mir vor, hatte ich in diesem Zimmer sämtliche Möbel mit Immobilienangeboten dekoriert und mich gefreut, dass die Schranktür angenehm quietschte, der Schreibtisch leicht wackelte, dass die Gegenstände noch Stimmen hatten.

Mehrmals täglich hatte ich in jenen beiden Novemberwochen Wohnungen oder Häuser besichtigt, meist sahen mich die Einheimischen in Begleitung einer jungen Frau, die bei einer der Immobilienagenturen angestellt war, durch die Straßen gehen. Bald schien jeder in der kleinen Stadt zu wissen, dass ich eine Bleibe suchte. Der Patron des Hotels gab mir Tipps, warnte mich vor undichten Dächern und der lokalen Mafia, der Wirt des kleinen Restaurants, in dem ich jeweils aß, lieh mir einen Heimwerkerkatalog für Renovierungsarbeiten, der Kellner empfahl mir seinen Bruder als Gipser.

Friedolin ließ mich am Morgen nicht allein aus dem Zimmer. Er hatte rasch registriert, dass ich mit dem Patron und dem Personal vertraut war und mich wie zu Hause fühlte, aus dieser Gemeinschaft wollte er nicht ausgeschlossen sein. Ich packte die Decke, das Futter und den Holznapf in eine Tasche und setzte mich mit meinem treuen Begleiter in den Frühstücksraum, meist auf dieselbe Sitzbank, auf der ich dem indiskreten, etwas spöttischen Blick der Herrin entkam. Sie hing über mir, groß und gerahmt, eine Frau, die den Umgang mit Dienstboten gewohnt war, gebieterisch schaute sie aus ihrer Robe, musterte herausfordernd die Kaffeemaschine, empört darüber, dass der Patron sie warten ließ und ihr nicht dienstfertig den Espresso servierte. Jeden Morgen, scherzte er, beglückwünsche ich mich dazu, dass ich sie nicht geheiratet habe.

Am vierten Tag, einem nahezu windstillen Tag, betrat ich mit Friedolin die Siedlung durch die kleine Pforte. Die Zufahrt für die Autos war immer noch blockiert, die Techniker fanden den Fehler nicht. Schließlich wurde das Tor der Einfachheit halber entfernt. Damit schien die Arbeit fürs Erste erledigt.

Die Sicherheitslücke im Zaun sorgte bei den Mietern für Unruhe. Eine ältere, redselige Frau, die gerne in Morgenrock und bunter Haartracht aus Bigoudis vor den Briefkästen lauerte, erklärte mir, dass sie jeden Abend den Kleiderschrank vor die Wohnungstür schiebe. Fast täglich brachte sie neue Gerüchte von verdächtigen Gestalten in Umlauf, die sie durch ihr Küchenfenster auf dem Gelände gesichtet haben wollte. Vielleicht aus Dankbarkeit, dass sie in mir einen so willigen Zuhörer gefunden hatte, wurde ich von ihr schon bald mit selbstgebackenen Süßigkeiten versorgt, die sie mir vor die Wohnungstür stellte.

Der Schnee, der über Nacht gefallen war, schmolz mit den ersten Sonnenstrahlen wieder weg. Ein Vogelschwarm ließ sich auf dem Rasen vor dem Fenster nieder. Es waren Stare. Noch nie hatte ich diese Vögel mit dem schmalen Kopf und dem in metallischem Glanz aufleuchtenden, gesprenkelten Gefieder aus so großer Nähe beobachten können. Plötzlich flogen sie alle gleichzeitig auf, im Nu waren sie weg, bald war der Schwarm nur noch ein Schleier aus schwarzen Punkten, der sich im Wind kurz blähte und im nächsten Augenblick im Morgenlicht auflöste.

Wenn Mara in Bremen blieb? Wie würde Friedolin ihr Fehlen auf die Dauer verkraften? Wie hätte er reagiert, wenn ich ihn bei Mara zurückgelassen hätte? Nun war er auf mich angewiesen, ich würde ihn keinen Tag allein lassen können. Eine Situation, die einige Schwierigkeiten nach sich ziehen würde, wie mir erst jetzt aufging. Wie nach Zürich fahren, wie mir die dringend notwendigen Dokumente beschaffen, die ich für meine Übersiedlung nach Frankreich brauchte?

Das Gras war verdorrt, die Augusthitze so groß, dass sich zum Glück jede Gartenarbeit erübrigte. Ich war Koch, Kunstkoch, ich war kein Gärtner. Der Feigenbaum, den der Vorbesitzer des Hauses noch gepflanzt hatte, reichte mir kaum bis zur Hüfte und trug fünf Früchte. Würden sie reifen? Im Frühjahr hatte ich gestaunt, wie rasch das Grünzeug wuchs. Diese unbändige Kraft, die aus der Erde kam, beunruhigte mich.

Seit zwei Monaten wohnte ich im eigenen Haus. Damit war das Leben plötzlich zu etwas Festem geronnen, zu etwas Unverrückbarem und Endgültigem. War ich nun im letzten Lebensabschnitt angekommen?

Wer war ich, wer würde ich in meinem neuen Zuhause sein? Ich dachte an Adèle. Seit ich in Narbonne lebte, musste ich oft an sie denken. *Wir klammern uns immer an das, was wir nicht sind*, hatte sie in ihrem ersten Brief an mich geschrieben. *Wir wollen sein, was wir nicht sind: frei, originell, nicht wie die andern. Die andern sollen uns für das schillernde Kostüm bewundern. Das ist der Okzident. Doch wir sind wie alle: die Freiheit macht uns Angst. Was wir nicht sind, können wir nicht in uns aufnehmen. Was wir selber sind, ist in dauerndem Fluss, und an etwas Fließendem können wir uns nicht festhalten. Wenn du auf Reisen bist, lässt du zurück, was du warst, und der neue Ort, an dem du ankommst,*

*erschafft dich neu. Viele Menschen werden bösartig, wenn sie
sesshaft sind. Einem Ort treu zu bleiben, ist eine Kunst. Es ist
die Kunst, die ich nun lernen will.*

Wir hatten uns nicht häufig gesehen, kaum mehr
als zwanzig Mal über einen Zeitraum von fast dreißig
Jahren, doch wir hatten uns regelmäßig geschrieben,
mal in kleineren, mal in größeren Abständen. Hand-
geschriebene, ausführliche Briefe. Adèle ging ihren Weg
als Malerin abseits aller Modeströmungen. Nach ihrer
Rückkehr aus Nepal lebte sie in der Bretagne, malte Öl-
und Akrylbilder, fast lebensgroße Frauenfiguren, umgeben von winzigen Männern. Sie übersiedelte nach Paris,
fasste Fuß in der Szene, zog sich jedoch bald wieder
vom Kunstbetrieb zurück, *vom besinnungslosen Leben, von
der besinnungslosen Kunst.* Was sie auf Gemälden immer
mehr zu stören begann, war die Signatur des Malers.
Im Kult, den wir um uns und unseren Namen machen,
in der Wichtigkeit, die wir uns selbst beimessen, sah
sie ein Übel unserer Zeit. Sie wollte in die Anonymi-
tät zurückkehren. Eines Tages malte sie nur noch Land-
schaften und signierte die Bilder nicht mehr. Ihre letzten
Jahre verbrachte sie in einem Dorf im Ariège. Kurz vor
ihrem Tod schickte sie mir ein kleinformatiges Buch,
ein von ihr verfasstes Stundenbuch mit Miniaturland-
schaften und Kommentaren zu Sätzen, über die wir oft
gesprochen hatten.

Die Terrasse auf der Rückseite des Hauses lag nachmittags im Schatten, sie war groß genug für zwei Stühle und einen kleinen Tisch. Geckos klebten an der bröckeligen Gartenmauer, eine Grasmücke verschwand gerade in der Krone des Maulbeerbaums, als ich hinter mir ein verhaltenes Piepsen hörte.

Friedolin saß vor der Schwelle der Terrassentür. Er hatte sich, wie er es gelegentlich tat, vom Tisch gestürzt, war flatternd auf den Fliesen gelandet und hatte sich auf den Weg zur Glastür gemacht, die sich, so stellte ich mir vor, als helles Rechteck von der Schattenwelt abhob, in der er lebte.

Wieder ein Tag, den wir allein verbringen, mein kleiner Kamikaze, doch wir leben hier besser als im Norden.

Das fand auch er. So viel Licht, so viel Sonne hatte er noch nie gehabt. Außerdem bewohnte er das Zimmer mit der Tür zur Terrasse, das größte und hellste von allen. Die Terrasse allerdings konnte ihm gestohlen bleiben, er war kein Anhänger der freien Natur. Möwen- und Krähenschreie erschreckten ihn, die windstille Studierstube zog er der Gartenidylle vor.

Zusammen setzten wir uns in den Salon mit dem Kamin, dem blauen Sofa und dem Gummibaum, der den Umzug vom Norden in den Süden überlebt hatte. Friedolin gähnte neben meinem Ohr, zog das Bein ein, drehte den Kopf nach hinten und steckte den Schnabel ins Gefieder. Auf meinen Knien lag das Notizheft, die ersten Zeilen eines Gedichts entstanden. Ich horchte in die Stille hinein, in eine leichte Stille, die mich forttrug. Diesen Schwebezustand, *metaxú*, wie Sokrates ihn bezeichnete, fand ich früher oft nur in Cafés.

Den Begriff »metaxú« hatte ich von meiner ersten Griechenlandreise mitgebracht. Damals war ich noch Student an der École des Beaux-Arts in Genf, den Sommerurlaub verbrachte ich in Athen. Täglich besuchte ich dasselbe Kafenio, das Metaxú. Bei einem meiner Besuche kam ich mit einem älteren Stammgast ins Gespräch, einem pensionierten Kapitän, der mich über einem Notizheft sitzen sah und wissen wollte, was ich schrieb. Dass ein so kleiner, rundlicher Mensch, der so gar nichts Strammes an sich hatte, Herrscher über ein Passagierschiff sein konnte, wunderte mich. Als ich jung war, schrieb ich viele Gedichte, erzählte der Kapitän. Nun bin ich, wie die meisten alten Männer, in der Prosa angekommen.

Eines Tages brachte er mir ein Schreibheft mit. In ein kariertes Heft schreibt man keine Gedichte, sagte er. Das Heft, das er für mich gekauft hatte, war unliniert. Die Quadrate sind für diese Welt, für Addition und Subtraktion. Wenn du Gedichte schreibst, tauchst du in ein Meer. Das Meer ist nicht kariert.

Er hatte gut reden, ich brauchte damals die karierten Hefte, um mich an den kleinen Quadraten festhalten zu können. Ich war nicht Kapitän, das Meer war nicht mein vertrautes Element.

Weißt du, was metaxú bedeutet? Metaxú, erklärte ich Friedolin, bezeichnet ein Dazwischen. Einen Schwebezustand zwischen Himmel und Erde, einen Zwischenort, an dem sich das Göttliche und Menschliche treffen. An diesem Ort ertrinkst du weder in mühseliger Alltagsroutine noch verlierst du dich in weltfremden Spekulationen, sondern nimmst gleichzeitig die Stimmen von oben und unten in dir auf. Du bist losgelöst von deiner Umgebung und doch mitten in ihr. Dieser Ort der Inspiration ist das Café.

Da hast du wohl etwas falsch verstanden, korrigierte er mich. Metaxú ist nicht an so etwas Banales wie ein Café gebunden, sonst müsste ja jeder dahergelaufene Kaffeehausidiot automatisch in diesen Zustand höherer Eingebung gelangen.

Ich stand in der Küche und bereitete das Abendessen vor, als ich das Gartentor aufgehen hörte und Friedolin aufgeregt mit den Flügeln zu flattern begann. Endlich kam sie. Zu spät wie immer, wie er fand.

Mara brachte einen Sekt mit, eine Blanquette de Limoux, das Geschenk eines zufriedenen Gastes. Sie hatte Arbeit gefunden, war Rezeptionistin im Hotel, in dem ich während meiner Immobiliensuche abgestiegen war. Nach dem Abendessen würde sie wieder aufbrechen und am Arbeitsplatz übernachten. Jemand musste anwesend sein, wenn ein Gast erst spätabends ankam oder den Code für die Eingangstür vergessen hatte.

Mara war mir und Friedolin nachgereist, eine Woche nach meiner Ankunft in Narbonne hatten wir zusammen die Wohnung eingerichtet, die ich vorübergehend gemietet hatte. Mara fand in den Kartons und Kisten, was ich vergeblich gesucht hatte. Für Friedolin war die Welt wieder in Ordnung, sein Schwarm war wieder vollzählig. Nachts wachte er nicht mehr auf und rief nach mir. Er fixierte mich nicht mehr vorwurfsvoll und stieß Klagelaute aus, als wüsste er, dass diese Reise ohne Mara nicht vorgesehen gewesen war und ich eigenmächtig gehandelt hatte.

Auch als Mara nach zehn Tagen wieder abreiste, blieb er ruhig und zufrieden, als hätte er ihre Beteuerung, dass sie bald wieder zu ihm zurückkehren würde, verstanden. Sie blieb noch drei Wochen in Bremen, weniger lang, als für Carsten gut gewesen wäre. Auch sie zog es in den Süden, ans Meer, in den eigenen Garten.

Die Hotelgäste erzählten ihr gerne aus ihrem Leben. Sie erzählten umso lieber, je weniger sie an dieses Leben glaubten. Nur die unverdrossenen Schweiger trugen ihre Leidensgeschichte wie eine heilige Reliquie vor sich her. Auch ich hätte Mara als Hotelgast eine Menge erzählt.

Das Hotel war nicht groß, trotzdem mangelte es an

Personal. Mara saß am Empfang, tischte das Frühstück auf, sprang für das Zimmermädchen ein, nie konnte alle Arbeit erledigt werden. Für sie war dieser Wettlauf gegen die Zeit eine Herausforderung, die sie liebte. Sie vergesse sich dabei.

Und ich? Hatte ich umgekehrt immer versucht, mich an mich selber zu erinnern? Oder war ich selbstvergessen, einer, dem die Fähigkeit, sich an sich selbst zu erinnern, abhanden gekommen war? Je mehr ich darüber nachdachte, desto mehr verschwammen die Begriffe des Erinnerns und Vergessens, bis ich sie nicht mehr voneinander unterscheiden konnte und den Eindruck gewann, dass beide ein und dasselbe bezeichneten.

Ich schrieb wieder. Ich schrieb über die Stille, die Zeit. Wie vor zehn, wie vor zwanzig Jahren, als hätte sich nichts geändert. Ich füllte neue Hefte, entgegen meiner Vorsätze. Das neue Leben war das alte geblieben. Und doch hielt das andere Klima, die veränderte Umgebung Einzug in meine Hefte. Der Raum zwischen den Zeilen war heller, größer geworden. Ich hatte den Eindruck, schärfer zu sehen.

Wie konnte ich der Kalenderzeit entkommen und meine eigene Zeit finden, die Zeit, die nur mir gehörte, die Zeit, die zu finden die Lebensaufgabe eines Menschen war, fragte ich mich in jungen Jahren. Man entkam einer Zeit nicht, welche Form auch immer sie annahm. Mit der Kalenderzeit schaffte sich eine Gemeinschaft ihre Ordnung. Der Fahrplan der Revolutionen orientierte sich an der Kalenderzeit. Mit Begriffen wie Selbstfindung oder Selbstverwirklichung glaubten wir, zu einer individuellen Zeit vorzustoßen. Doch die Zeit war zugleich kollektiv und individuell, die eine blieb leer ohne die andere. Nur fehlten der Sprache die Begriffe, diesen simultanen Charakter der Zeit zu erfassen. Die Kalenderzeit erreichte das Individuum nicht, die individuelle Zeit nicht das Kollektiv. Die Sprache polarisierte, sie trenne, was zusammengehörte. Wie man das Licht als Teilchen und als Welle beschreiben konnte, war die Zeit zugleich messbar und nicht messbar.

Im Verlauf der Jahrhunderte bürdete uns die Kalenderzeit immer mehr Termine und Pflichten auf, sie entfernte sich immer mehr von der dehnbaren, nicht messbaren Zeit, die weder Stunden noch Tage kennt. In der Kalenderzeit war Herrschaft über andere Menschen möglich. Sie wurde zur europäischen Zeit, zur Zeit des Okzidents, zur Zeit der Kolonisatoren. Es war die dehnbare, nicht messbare Zeit, die den kolonisierten Völkern geraubt wurde. Ihr kostbarstes Gut, ein unsichtbares Gut, deshalb wurde sein Verschwinden lange nicht bemerkt. Eine Gemeinschaft verlor ihre Kraft, ihre Solidarität, wenn ihr die Zeit abhanden kam. Längst war die Zeit im Besitz einiger weniger, die über mehr als neunzig Prozent des Welteinkommens verfügten, die sichtbaren Monarchien der Vergangenheit waren durch eine einzige, unsichtbare abgelöst worden.

Ein Papagei konnte die kollektive Zeit nicht verlieren. Sie war die Schwarmzeit. Ohne den Schwarm überlebte er nicht. Trotzdem folgte er nicht blind einem biologischen Programm. Friedolin war lernfähig und konnte sich veränderten Situationen anpassen. Je nach Laune variierte er sein Tagesprogramm. Er langweilte sich, er spielte gerne und liebte den Schabernack, er hörte Musik. Der menschlichen Sprache versuchte er in seinem Papageienuniversum einen Sinn abzugewinnen. Wo begann die Freiheit, wo das biologische Programm? Die Frage blieb ohne Antwort, egal, ob sie einem Papagei oder einem Menschen galt.

Lebte ich am richtigen Ort, in der richtigen Zeit? Eine vielleicht müßige Frage. In immer mehr Ländern wurden Kriege geführt, wir vernichteten unsere eigenen Lebensgrundlagen. Wir waren dabei, die Orte und die Zeit abzuschaffen. Ging ich durch die stillen Gassen Narbonnes oder saß auf der Terrasse eines Cafés, überfiel mich oft das Gefühl, zu den letzten Menschen zu gehören. Oder zu einer Gattung Mensch, die vom Aussterben bedroht war, was auf dasselbe herauskam. Ich sammelte die letzten Ortsreste, die letzten Zeitreste ein. Den Menschen nach mir würde das nicht mehr möglich sein.

Er verlor immer mehr Federn. Mir beim Kochen über die Schulter zu schauen, wurde ihm zu anstrengend. Aber immer noch zupfte er an Maras Ohrringen, nagte am Lederband meiner Uhr, zerbröselte die Untersetzer aus Kork oder schob einen Gegenstand über die Tischkante und freute sich, wenn er am Boden aufprallte. An meinem Morgenmantel zog er besonders gerne die Fäden aus dem Stoff. Erwischte er einen besonders langen, hielt er ihn mit dem Schnabel fest, schwenkte auf meiner Schulter den Kopf hin und her, nach links, nach rechts, und steigerte sich so in eine Schaukelbewegung hinein.

Zwei Jahre nach unserer Ankunft in Narbonne kehrte Mara in ihren angestammten Beruf zurück. In Montolieu, einem Bücherdorf, eine gute Autostunde entfernt, teilte sie den Laden mit einem niederländischen Antiquar, saß ein oder zwei Wochen im Monat über Folianten aus dem Zeitraum, den sie besonders liebte, dem sechzehnten, siebzehnten oder achtzehnten Jahrhundert.

Während der Pandemie begann ich einen neuen Roman, *Die Zartheit der Stühle*. Mein erster, den ich vollständig zu Hause schrieb, Zeile für Zeile, ohne je in ein Café zu flüchten. Eingesperrt in ein Zimmer, mit Friedolin auf der Schulter.

Wollte er sich mit mir unterhalten, berührte er sanft meine Wange. Er war der Gesprächspartner, der Kritiker und Freund, der Advocatus Diaboli auf meiner Schulter, er ersetzte mir die Stimmen aller Cafés dieser Welt. Hatte ich bisher falsch gelebt, war es bloße Einbildung gewesen, dass ich nur im Café arbeiten konnte?

Über Jahrzehnte hatte ich mich von verschiedensten Jobs ernährt, die ich wieder gekündigt hatte, wenn das Geld für eine Weile reichte. Den größten Teil meines Lebens hatte ich in Zimmern gewohnt. Diese Zimmer waren meist nicht ruhig gewesen. Ich hatte mir angewöhnt, in Cafés und auf Terrassen zu arbeiten, mitten im Lärm. Wenn ich am Morgen das Haus verließ, wusste ich nie, was der Tag bringen würde. Dieses Leben draußen hatte mich durchlässig gemacht, ich ließ mich ablenken, ich ließ die Zeit zerrinnen. Oft hatte ich versucht, meine Lebensweise zu ändern, zu einer Ordnung zu finden. Es war mir nie gelungen.

Mit Friedolin fand ich einen Rhythmus, gewannen meine Tage zum ersten Mal in meinem Leben eine feste Struktur. Nicht eine Freundin, nicht eine Frau, nicht meine nahe Umgebung hatten mir dazu verhelfen können.

Die Hundstage machten ihm zu schaffen. Sein Atem ging schwerer, die südlichen Temperaturen war er nicht gewohnt, zu lange hatte er fern von seiner ursprünglichen Heimat gelebt. Doch von einem kühlenden Bad hielt er nichts. Immer wieder hatten Mara und ich versucht, ihm die Wasserscheu zu nehmen, hatten ihm kleine und größere Wasserbecken hingestellt, ein Plantschbecken aus Lehm gebaut, vergeblich. Sein Gefieder brauchte Feuchtigkeit, um gesund zu bleiben. Gelegentlich sprühte Mara mit einem Parfumzerstäuber einen Wassernebel in die Luft, einen feuchten, zarten Schleier, der sich langsam auf ihn senkte, doch sobald er den Sprühregen spürte, ergriff er die Flucht und versteckte sich hinter dem Käfig.

Allein seinem Trinknapf vertraute er aus rätselhaften Gründen. Im Sommer, wenn ihm zu heiß wurde, krallte er sich über diesem Trinkgefäß am Käfiggitter fest, tauchte den hängenden Kopf ins Nass, schüttelte ihn und stieß dabei Freudenschreie aus. Oft hörte er mit dem Spiel erst auf, wenn fast kein Wasser mehr im Napf war. Mit seinen nassen, völlig zerzausten Kopffedern setzte er sich nach dieser Dusche in die Käfigöffnung und rief nach Mara oder mir. Wer ihn so sah, konnte ein Lachen nicht unterdrücken, zu sehr erinnerte der durcheinander geratene Kopfputz an die Frisur eines Menschen, der mit verklebten Haaren gerade dem Bett entstiegen war.

Wir packten unsere Badesachen ein. Freunde aus Deutschland hatten ihren Besuch angekündigt, vor ihrer Ankunft wollten wir noch an den Strand. Friedolin kletterte in die Öffnung des Käfigs und rief uns leise, als wollte er uns bitten, ihn nicht zu verlassen. Er war nicht wie sonst, er wirkte resigniert und traurig.

Selbst im Hochsommer waren die Strände der Region nicht überfüllt. Friedolin schwächelt in letzter Zeit, sagte Mara. Auch mir war es aufgefallen. Vor wenigen Tagen hatte er sich bäuchlings auf meine Schulter gelegt und war so ein paar Minuten liegen geblieben, als müsste er Kraft schöpfen, um wieder auf die Beine zu kommen. Wir tauchten nur kurz in die Wellen und kehrten rasch nach Hause zurück.

Die Freunde blieben eine Woche. Kaum waren sie abgereist, kletterte Friedolin von seiner Schlafstange, kletterte die Leiter auf seine Baumwurzel hinunter, unsicher, immer wieder innehaltend. Mit letzter Kraft schaffte er es auf Maras Schulter.

Mara übernachtete mit ihm auf dem kleinen Sofa im Esszimmer, seinem Lieblingsort. Morgens gegen drei Uhr weckte mich das Handy, das ich neben mich gelegt hatte. Friedolin will sich von dir verabschieden, sagte Mara. Ich beugte mich zu ihm herunter, fuhr mit der

Nasenspitze ganz sanft über seine Kopffedern. Ich vernahm seine zwitschernden, leisen Laute, es klang, als erzählte er.

Er erzählt dir dasselbe wie mir, sagte Mara.

Am nächsten Morgen begruben wir ihn im Garten unter dem Hibiskusbaum.

Die Stille im Haus schnürte mich ein. Ich begann wieder die Cafés zu besuchen, ich arbeitete wieder wie früher, draußen, unter den Menschen.

Im Herbst, drei Monate nach seinem Tod, besuchten Mara und ich Paris. Es war unsere erste gemeinsame Reise seit langem. Wir hatten in Narbonne für Friedolin keine Betreuung gefunden. In den Urlaub waren wir getrennt gefahren, einer hatte immer bei ihm bleiben müssen.

Am zweiten Abend tranken wir in einem Bistro einen Spritz, nicht weit vom Jardin du Luxembourg entfernt, in der Rue de Fleurus. Die Kellnerin rauchte vor der Tür und unterhielt sich mit einem Passanten, ein junger Mann arbeitete an seinem Laptop, uns schräg gegenüber füllte eine junge Frau die Seiten eines Heftes, vielleicht ihres Tagebuchs. Sie schaute kurz auf, blickte Mara an und lächelte. Das Licht draußen war weich, noch einmal ruhte es sich aus, bevor es langsam im Boden versickern und die Straßenbeleuchtung angehen würde.

Geschrieben in der Soleil noir, März bis Dezember 2023

Zum Autor

Jürg Beeler, geboren 1957 in Zürich, studierte Germa-
nistik in Genf, Tübingen und Zürich. Er arbeitete als
Deutsch- und Fremdsprachenlehrer und als Reisejour-
nalist. Er lebt in Südfrankreich und Zürich. Für seine
literarische Tätigkeit wurde er verschiedentlich aus-
gezeichnet. Publikationen (Auswahl): *Die Liebe, sagte
Stradivari* (2002), *Das Gewicht einer Nacht* (2004), *Solo für
eine Kellnerin* (2008), *Der Mann, der Balzacs Romane schrieb*
(2014) sowie *Die Zartheit der Stühle* (2022).

ZUM BUCH

Drei Jahre lebte der Erzähler in der Norddeutschen Tiefebene, einer der seltsamsten Gegenden der Welt. Nun
will er wieder zurück in den Süden, ans Meer. Kurz vor
der Abreise verliebt er sich in eine Frau, die mit einem
Papagei lebt. Fliegen kann er nicht, denn er ist auf einem
Auge blind, dafür laut für zwei. Der Erzähler schreibt seit
Jahrzehnten über Orte der Stille, jetzt soll ausgerechnet
er mit einem solchen Krachmacher konkurrieren. Ein
Albtraum. Er denkt sich Wege aus, den Schreihals aus
dem Weg zu räumen, und ahnt nicht, dass dieser ihn
längst durchschaut hat und seine eigenen Maßnahmen
ergreift.

Ein Roman darüber, wie ein Papagei das Leben des
Schriftstellers auf den Kopf stellt und sein Verhältnis zu
den Menschen grundlegend verändert. Und ganz neben-
bei und federleicht erzählt er eine Geschichte von Eifer-
sucht, der Liebe zu Büchern, zu Cafés und zur Musik.

Der Verlag bedankt sich bei der Stadt Zürich und dem Kanton Zürich für die großzügige Unterstützung dieser Publikation.

Dieses Buch wurde klimaneutral gedruckt.

Der Dörlemann Verlag wird vom Bundesamt für Kultur für die Jahre 2021–2024 unterstützt.